主な登場人物
Charactars

クロネ
猫人族の女の子。いつもアキトに雑用を押しつけられている。
ローラ
食欲旺盛な元孤児の女の子。魔法の才能はピカイチ。
レオン
多彩な魔法を操る魔法騎士。アキトの奴隷の中で最高クラスの戦闘力を誇る。

リーフ
稀少な妖精族の女の子。魔法の力がありすぎるために恐れられ、友達がいない。
リオン
孫のアキトが大好きなお祖父さん。王国に名を轟かす最強の魔導士でもある。
アキト
本作の主人公。転生ガチャで大当たりを引き当て、チート王子様として生を受けた。憧れのスローライフを送るために奮闘する。

第1話　村の視察

ひょんな事から異世界に転生してきた俺、アキト。転生の際にやった十連ガチャで大当たりを引きまくったせいで、とんでもなくチートな存在になってしまったらしい。

それでもほのぼのとしたスローライフを送りたかった俺は、なるべく目立たないように暮らしていた筈《はず》なんだけど……

五歳児なのに魔帝国《まていこく》と戦争したり、有能な人材だらけの奴隷《どれい》組織を作ったり、寂《さび》れた村を大発展させてしまったり、周囲を驚かせてばかりなんだよな。

うーん、自分でも気をつけないといけないなと思っているんだが、そういう加減って難しいんだよね。

◇　◇　◇

俺が引き取った孤児《こじ》のローラ。その魔法の才能が凄い事に気付き、テンションが上がってしまったリオン爺《じい》ちゃんが、ローラと修業に行ってから一ヵ月が経った。

季節は夏から秋に変わり、肌寒くなってきた今日この頃。俺は自室に寒さ対策のために作ったコタツに入って暖を取っている。

この一ヵ月、爺ちゃんがいないので、代わりにアリウス父さんから魔法のコントロールのやり方をミッチリ教わった俺は、結構成長した。

名前：アキト・フォン・ジルニア
年齢：5
種族：クォーターエルフ
身分：王族
性別：男
属性：全
レベル：56
筋力：2347
魔力：5671
敏捷《びんしょう》：2671
運：78

スキル　：【鑑定：ＭＡＸ】【剣術：４】【身体能力強化：４】【魔法強化：ＭＡＸ】
【気配察知：ＭＡＸ】【全属性魔法：４】【魔力探知：ＭＡＸ】
【無詠唱：ＭＡＸ】【念力：ＭＡＸ】【偽装：ＭＡＸ】
【瞑想《めいそう》：３】【付与術：ＭＡＸ】
【信仰心：４】【錬金術：ＭＡＸ】【調理：２】
【手芸：２】【使役術：ＭＡＸ】【技能譲渡：ＭＡＸ】【念話：ＭＡＸ】
固有能力：【超成長】【魔導の才】【武道の才】
【全言語】【図書館ＥＸ】【技能取得率上昇】
称　号　：努力者　勉強家　従魔使い
加　護　：フィーリアの加護　アルティメシスの加護

ステータスが上がった他に、【使役術】のスキルレベルがＭＡＸになった。

あと【瞑想】という新しいスキルを覚えた。これは、目を瞑《つむ》り精神を統一する事で集中力を上げるスキルだ。

そんな風にステータスを確認していると、猫人族《ねこじんぞく》の獣人のクロネが部屋にやって来て、サッと動いてコタツの中に入る。

「ふにゃ～……」

「おい、クロネ。何、勝手に入ってきてんだよ」

「良いじゃない。いつも無茶振りされてるんだから。それに今日は一段と寒いんだ」

クロネはそう言って、俺の方へ脚を伸ばしてくる。

俺はコタツの中に手を入れて、クロネの脚に向かって冷たい風を送る。

「にゃッ⁉」

「入っても良いが、俺の領域に侵入してくるんじゃない」

「なら。口で言いなさいよ。口でッ！」

俺とクロネが喧嘩《けんか》していると、このコタツのもう一人の住人のアリスが「喧嘩しちゃダメだよ？」と言ってきた。

アリスは、ルーフェリア侯爵家の娘で俺の同級生。数少ない俺の友達の一人だ。

「アリスに感謝するんだな、馬鹿猫」

「何よ、鬼畜《きちく》、年齢詐称、悪魔」

おいこら、それは言いすぎだろうがッ！　何だよ、年齢詐称って。正真正銘《しょうしんしょうめい》の五歳児だ、馬鹿。

言い返そうと思ったが、これ以上喧嘩をしても仕方ないのでスルーする。

アリスが俺に話しかけてくる。

「それにしても一気に寒くなったね」

「そうだな……学園の制服も冬服に変わったとはいえ、防寒が完璧じゃないんだよな。これで通うのは酷《こく》だよ」

「そうだね。特に女子のは冬でもスカートだから……」

アリスが言うように、確かに女子の制服は冬服でもスカートだ。クラスメートの女子も「寒い」と嘆いていた。

一時期、男女の制服についてもの凄く揉めたらしいんだけど、結局女子はスカート、男子はズボンで決まったらしい。

男子は男子で夏場でもしっかりとした長ズボンなので、若干蒸れたりする。

「夏は男がキツいけど、冬は女がキツいんだな」

「そうみたいだね。まあ、室内はアキト君が温風を出してくれてるから、寒くはないんだけどね」

アリスが言った通り、教室内の温度は俺が調整している。

本当は魔石で動くエアコンを作りたかったのだけど、そういう暇もなかったので、俺の力で何とかしてるのだ。

ちなみにそのおかげで、クラスメート達からは神様の如《ごと》く崇《あが》められるようになった。なかなか友達が作れなかった俺だけど、そんな事もあって徐々にクラスメート達と喋《しゃべ》るようになってるんだよね。

アリス達とコタツで雑談していると、部屋をノックする音が聞こえた。返事をするとメイドが入ってくる。そのメイドは「父さんが呼んでいる」と伝えてきた。

「お呼び出しみたいだから、ちょっと行ってくるよ」

「行ってらっしゃい、アキト君」

「行ってら〜ご主人様。ひゃー、これで脚伸ばせる〜」

立ち上がって部屋を出る前、俺はわざとらしく脚を伸ばす仕草をするクロネの首筋に手を当て、冷風を放っておいた。

クロネは悶絶《もんぜつ》していたが、まあこれで許してあげるんだから俺は優しいご主人様だろう。


「父さん、入るよ」

そう言って俺は、父さんの部屋に入った。室内には、アリスの父親であるリベルトさんがいて、早速声をかけてくる。

「おぉ。来たか、アキト」

「ごめんね。折角《せっかく》、アリスちゃんとお話ししてる時に呼んだりして」

リベルトさんに続いて、父さんが申し訳なさそうに言う。

「別に良いよ。それで、急に呼び出してどうしたの？」

ソファーに腰をかけた俺がそう口にすると、父さんは若干悔しそうな表情をしてボソボソと話し始める。

「アキトに任せた村、今どんな風に言われてるか知ってる？」

「……あぁ、ごめん。父さん、自重《じちょう》する気なくて」

父さんは、チルド村の事で凹《へこ》んでるらしい。

「本当だよ……やるなら、エリクの代になってからしてほしかったよ……」

「ハハハッ、息子に街の作り方で負けて悔しがる王様なんて、アリウスだけだぞ！」

悔しそうにする父さんに対して、リベルトさんは大きな声で笑った。ちなみにエリクというのは俺の兄で、いずれ王位を継ぐ事になっている。

そう、俺は暇さえあれば、チルド村の復興を進めていた。

勿論《もちろん》、アリスの勉強を見なきゃいけないので、空き時間にチョロッと行ったりする程度なんだけど、奴隷や村人に任せているのもあって結構発展しているのだ。

「この前、隣国の王達が集まる会で言われたんだよ。第二王子が治めている村が凄いって……」

「……なんか、ごめんね。父さん」

「それでさ、アキト……あれから村をどんな風に変えたのか、また見せてくれないかな？」

「あっ、本題はそっち？」

二回目となる視察のお願いが、今回呼び出した理由だったのか。

まあ、別に断る理由もないかな。

こうして、来週の学園が休みの日に、父さん、大臣のウォルブさん、リベルトさんのチルド村視察が決まった。

◇　◇　◇

そして翌週――

俺は三人を連れて、チルド村の入門ゲートに転移してきた。

「「「は？」」」

父さん、ウォルブさん、リベルトさんは入り口の門を見て呆気に取られていた。

「ここが新しく作ったチルド村の入場門だよ」

俺がそう説明すると、父さんが口にする。

「……アキト、こんな大きな壁……王都の城壁より高くないかな？」

「そうかな？　まあ、でも安全面は大事だと思ってね。ほら、壁の中央に窪《くぼ》みがあるでしょ？　あそこには、前に父さん達に渡したお守《まも》りと同じ仕組みで、魔法の〝土壁〟が発動するようにしてあるんだ。だから、壁が崩れても何回かは元に戻るんだよ」

「凄いですね。アキト様、そんな使い方をするとは……」

ウォルブさんが感心したように言う。

入場門を通って村の中に入ると、父さん達は更に驚愕《きょうがく》した表情を見せた。以前来た時よりも賑《にぎ》わっているからだろう。

リベルトさんが、村の中を歩く特徴的な服を着た人々、シエルフール国の観光客を見て「成程《なるほど》な」と呟き、更に言う。

「そういや最近、王都の方にシエルフールからの冒険者や観光客が来ないと思っていたが、ここで止まっていたのか」

「そういえば、シエルフールとの交易を許可してほしいって言ってたね。許可した途端、王都の観光客が減っておかしいなって思ってたけど、ここにいたんだ」

俺は、嘆く父さんに向かって言う。

「最初は交易だけにしようかなって思ってたんだけど、思っていた以上に村の事を気に入ってもらえて、観光客も受け入れたんだよね」

「……そうか、会議で言われたのは、こういう訳だったんだ」

父さんは納得いったような顔をした。

そこへ一人の男性が走ってきた。このチルド村の代表、オリス村長だ。

「アキト様、アリウス様、ウォルブ様、リベルト様。本日は、チルド村へ足を運んでくださり、ありがとうございます！」

オリス村長は緊張気味に挨拶をした。

折角なので、彼に村の案内を任せようかな。俺がその旨を伝えると、オリス村長は「頑張って村を案内します！」と張り切り出した。

ウォルブさんが周囲を見回しながら言う。

「それにしても、この村？　は本当に凄い。家も道も一つひとつが丁寧に仕上げられていて、王都以上の出来ですね」

「はい。元々は普通の農村でしたが、アキト様から『俺の村なら、王都以上にするぞッ！』とたきつけていただき、アキト様の奴隷の方達と一緒に復興事業に勤《いそ》しみ、ここまで成長させる事ができたのです」

オリス村長が自分の事のように誇らしげに言うと、何故か父さんが溜息《ためいき》を吐いた。

俺は父さんに尋ねる。

「どうしたの？」

「いや、アキトの力を見誤ったと後悔してるんだよ。こんな事になるなら、王都で発揮してもらえれば良かったよ」

「あ～。でも多分、王都では上手くいかないと思うよ。だって、ここがこんなに成長できたのは、この村が〝ただ生きてる人の集まり〟だったからなんだ。王都のように、既に賑わってる場所ではこうはいかないと思うよ」

俺がそう言うと、父さんは「そうなのかい？」とオリス村長に尋ねた。

「お恥ずかしながら、〝ただ生きてる人の集まり〟だったというのは、アキト様の言う通りでございます。アキト様が村の事を考えてくださったので、私達は凄く嬉しく思い、ここまでついてこられたのかもしれません。それだけが生きる希望でしたから」

「そうだったのかい……」

そこへ、ウォルブさんが口を挟む。

「確か、こちらの村、以前はあの辺境伯が治めていましたよね？　そろそろ辺境伯の身辺調査を始めた方がよろしいのではないでしょうか？」

「そうだね。その方がこの近辺の村のためにもなりそうだね」

父さんとウォルブさんは小声で話し合いをし出した。一方、リベルトさんはある方向を眺めている。

俺はリベルトさんに声をかける。

「どうしたんですか、リベルトさん？」

「あっ、いや、あそこにいる奴らは何なのかなと思って」

リベルトさんが指を差した方には野外訓練所があった。そこでは、自警団の人達が戦闘訓練をしていた。

この村は、大きくなって人の数も増えたせいで、ちょっとしたいざこざや魔物の目撃情報が増加したので、自警団を結成させたのだ。勿論、俺の奴隷達も自警団に加わっている。

「村の自警団ですよ。今は戦闘訓練をしているところなのですけど、良かったら見に行きますか？」

「良いのか？」

リベルトさんは将軍職なので、自警団の実力が気になるらしい。

俺は、話し込む父さん達に声をかけ、自警団が訓練している野外訓練所へ向かった。


野外訓練所にやって来ると、俺達を目にした自警団員達が走り寄ってきた。

「アキト様！」

誰よりも早く俺達のもとに来た若い青年が跪《ひざまず》く。燃えるように紅《あか》い髪は短く切り揃えられ、瞳は髪色と同じく紅い。

彼の名前はジル。

俺の奴隷となっている青年で、この自警団のリーダーを任せている。歳は十六歳と若いが、他の自警団員はジルがリーダーになる事に反対しなかった。

理由は単純で、能力が他の者よりも秀でていたから。彼は剣術と体術が得意で、この年齢でそれらのスキルレベルがＭＡＸになっている。またコミュニケーション能力が高く、村に来て数日で村人達からの信頼を得た。

何でそんな優秀なジルが俺の奴隷になったのかというと、働く場所を探すのが面倒だったから、との事。奴隷でも何でも良いから飯が食いたいと言って、俺のもとに来たのだ。

孤児のローラと同じ理由で笑ったが、その際に【鑑定】して能力を見て、良い拾い物をしたと確信していた。

「ジル。頑張っているようだな」

「はい！　皆も大分《だいぶ》、剣の扱いに慣れてきたので、そろそろ体術も教えようと思ってます」

「そうか、それは良い感じだね」

それから、俺はジル達に父さん達を紹介した。

すると、何故かリベルトさんがジルに詰め寄り「強さを見せてくれないか？」と言い、急遽《きゅうきょ》ジルとリベルトさんの試合が行われる事になったんだけど——


「ただの視察だったのに、何でこうなるんだろうね」

「あはは……リベルトは、強そうな人を見つけると戦いたい欲が出てくるんだ」

「まあ、良いけどさ。俺は時間は大丈夫だけど、父さん達は良いの？」

「うん、今日は一日空けてるからね。ウォルブも大丈夫だよね？」

「はい、アキト様の村の視察のために、全ての仕事を終わらせて参りましたので」

父さんとウォルブと話した俺は、広場の中央に顔を向けた。そこでは、武器を構えたジルとリベルトさんが向かい合っている。

試合内容は至って簡単、どちらかが降参するまで戦う、というものだ。

試合開始と同時に、ジルとリベルトさんは一気に詰め寄り、剣と剣がぶつかり合う。

ジルと同じく、リベルトさんの剣術のレベルはＭＡＸだ。両者の実力は互角だと思っていたが、何故かジルの方がリベルトさんを追い込んでいた。

父さんとウォルブさんがジルの実力を見て感心している。

「凄いね、彼。リベルトを押してるよ」

「そうですね。リベルト様の剣術は王国一と言われておりますが……青年の実力が相当という訳ですね」

すると、リベルトさんの雰囲気が変わった。

成程、これまで本気を出していなかったのか。

しかし、それでもジルは圧倒していた。

そんな二人の真剣勝負を見て、父さんとウォルブさんの表情は段々と険《けわ》しいものになっていく。

同じく俺も、ジルの実力が想像以上だったので驚いていた。

二人の戦いはそれから暫《しばら》く続き、結果はジルの勝利となった。


「良い試合だった」

「俺もです。こんなに楽しい試合ができたのは、師匠の所にいた時以来です」

ジルにリベルトさんが手を差し出す。二人は握手をしてこちらに戻ってきた。

父さんが声をかける。

「リベルト、さっきのは本気だったのかい？」

「本気も本気。俺が出せる最高の力で挑んで負けたよ。凄いな、彼」

リベルトさんの返答に、当惑する父さん。

まあ、ジルニア国最強の剣士と言われているリベルトさんが、まだ若いジルに負けたんだから仕方ないか。

リベルトさんがジルに尋ねる。

「なあ、ジルだったか？　さっき師匠って言っていたが、君の師匠は誰なんだ？」

「雷鳴流《らいめいりゅう》のサジュさんです。ご存知ですか？」

ジルがそう言った瞬間、リベルトさん、父さん、ウォルブさん、そして俺は驚き、時間が止まったかのように硬直してしまった。

雷鳴流のサジュ。

それは、剣士であれば誰もが知っている、伝説の剣士の名前だ。雷鳴流はその流派名の通り、雷のような速さと力強さを謳《うた》う剣術だ。

サジュは、剣術を志す者なら誰もが憧れる存在なのだが、数年前から姿を消している。死んだとさえ噂されていた。

「……確かに、ジルが使っていた剣術。文献で見たサジュ様の戦い方と同じ……」

リベルトさんは驚きつつ、ジルをジッと見つめる。

「あれ？　もしかして、師匠って有名な人でした？」

「有名も有名。剣士であれば誰もが憧れる剣士だ！」

「ジル、お前そんな凄い人に剣術を習ったのに、何で飯に釣られて、俺の奴隷になったんだよ！」

「そうだよ。そんなに強かったら、王国で雇えたのに！」

あまり分かっていないジルに、リベルトさん、俺、父さんがツッコミを入れる。

「ああ、えっと？　ご、ごめんなさい！」

その後、俺達は村の視察に戻った。でも、父さんとリベルトさんはそれどころではない様子だった。

リベルトさんは、伝説の剣士の弟子と戦えた事が嬉しかったみたいだ。父さんの方は、伝説の剣士の弟子が自分のもとではなく、俺の奴隷をしている事が悔しいらしい。

「ねぇ、アキト。ジル君、頂戴《ちょうだい》～」

でも、悔しいからといって、五歳児の息子に泣きついてくるのはどうかと思う。

第2話　ジルとローラ

あの後、父さん達に村の中を案内し、家に送り届けた。

父さんはずっと「ジル君欲しいな～欲しいな～」と言っていたけど、あんな戦力を父さんに渡す俺ではない。キッパリと断り、これ以上言うのであれば、父さんの黒歴史をエリク兄さん達に話すと脅しておいた。

再びチルド村へとやって来た俺は、自警団の宿舎にある相談室にジルを呼び出して尋ねる。

「しかし、ジル。お前、そんなに強いのに俺の奴隷になって良かったのか？」

最初見つけた時は、能力を見てそこそこ強いんだろうなと感じて奴隷にした。だが、流石《さすが》にあそこまで強いとは思ってなかった。

「う～ん……それなんですけどね。俺って、奴隷になったってより、アキト様の家臣になったつもりなんですよ」

「んっ？」

「いやほら、アキト様と初めて出会った時に、ビビッと体中に電流が流れた感覚を味わって、『この人についていけ』と頭の中に響いたんですよね」

「だからあの時、急に『衣食住だけ揃えていただければ……』って言い出して跪いたのか？」

「はい！　流石に自分からついていきたいのに、お金を要求するのもな～と。それに奴隷だったら、アキト様へ忠誠心を見せられると思いまして」

ふむ、そんな理由だったのか。しかし、電流が走ったからといって五歳児の子供の奴隷になるなんて、随分思い切った事をするな。

「まあ、理由が聞けて良かったよ。そういえば、ジルの師匠さんはジルが奴隷になった事知ってるのか？」

「知ってますよ。今はちょっと用事で抜け出せないらしくて。でも、その内こっちに顔を出すと言ってました」

「……へっ？」

ジルの言葉に、俺は素で驚いてしまった。

そして恐る恐る聞き返す。

「師匠がこっちに来るのか？」

「はい！　この前、手紙を出したら、今はちょっと友人から頼まれた事をしてるが、数日以内にそっちに行くって手紙が返ってきました。その友人さんというのが、何でもこの国の人らしいので、ついでに送ってもらうと言ってました」

「そ、そうか……」

んっ？　あれ、ちょっと今、ジルが気になる事を言わなかったか？

伝説の剣士の友人がこの国にいる？

「なあ、その師匠の友人って人の事を、ジルは知ってるか？」

「ん～、俺もよく知らないですね。でも、その人は魔法が上手いって手紙には書いてありました」

伝説の剣士が「魔法が上手い」と評価する人物、そんなのこの国では爺ちゃんしかいないだろう。

「まあ、ジルの師匠が来たら俺も挨拶はするよ。弟子を奴隷にしてしまったしな」

そう言って、この日はジルと別れて家に帰宅した。

◇　◇　◇

それから数日後。

学園から帰宅すると、爺ちゃんとローラが俺の部屋で俺の帰宅を待っていた。

「おっ、アキト。帰ってきたか、久しぶりじゃな」

「おひさ〜」

爺ちゃんは元気よく、ローラは元気なんだろうけど気の抜けた感じで挨拶してきた。その対照的な様子に、一瞬笑いそうになる。

「爺ちゃん、一ヵ月以上も修業してたみたいだけど、ローラはどんな感じになったの？」

「うむ。この子、凄い才能じゃのう。儂《わし》が教えた事はすぐに吸収していくから、楽しくて楽しくて、魔法以外にも剣術も叩き込んでみたんじゃ。ほれ、ローラのステータスを見てみるんじゃ」

爺ちゃんに急《せ》かされるように言われた俺は、ローラに向かって【鑑定】を使った。

そして、俺はそのステータスに驚愕した。

名　前：ローラ
年　齢：12
種　族：ヒューマン
身　分：奴隷
性　別：女
属　性：全
レベル：34
筋　力：3574
魔　力：3828
敏　捷：3647
　運　：81
スキル：【剣術：MAX】【身体強化：MAX】【気配察知：MAX】
【全属性魔法：MAX】【魔力強化：MAX】【魔力感知：MAX】
【無詠唱：MAX】【縮地《しゅくち》：MAX】【念話：MAX】
固有能力：【超成長】
称　号：剣士
加　護：アルティメシスの加護

あっれ～？　一ヵ月前に見た時は殆《ほとん》ど１００以下だったし、スキルも一個もなかったよね？　あの時から変わってないところ、固有能力と加護の欄だけなんだけど～。

「って、強くなりすぎでしょッ！　何でレベル34で能力値３０００オーバーなんだよッ！」

「うむ、儂も驚いたのじゃ。そしたら夢の中で主神《しゅしん》と名乗る神と会ってのう。儂にも加護を与えてくれて、儂も少し能力値が上がったんじゃ」

ほれほれと言って、爺ちゃんは自分のステータスを書いた紙を見せてきた。そこには〝魔力２１４７８〟と、とんでもない数値が書かれていた。

「化け物が更に化け物になって、未来の化け物を作ってるよ……」

「ローラの修業中も、儂自身修業をしていたおかげじゃな、いや～主神様って凄いの～」

爺ちゃんは俺を驚かせた事が嬉しかったのか、大声で笑った。横のローラは何も分かっていない感じだが、ドヤ顔を俺に見せつけてくる。

爺ちゃんとローラの変化に驚き疲れた俺は、ソファーに座って落ち着く事にした。

その時、ふと爺ちゃんの横にもう一人いる事に気付いた。小柄な初老の男性で、髪色は綺麗な金髪。瞳の色は……細目すぎて何色か分からないな。

「……あの、爺ちゃん。そちらの方は？」

「んっ？　おお、そうじゃった。アキトに紹介するために連れてきたんじゃったな、こいつは儂の

友人じゃ」

「どうも、私はサジュ。君の所でお世話になっている、ジルの師匠兼、親代わりをしてる者です」

うん、そうですよね。何となく分かっていましたよ。得体《えたい》の知れない雰囲気をビシビシ感じましたから！

でも、優しい雰囲気を持っている人とも感じ取った。ジルの師匠だけでなく、親代わりもしているのか。

「ど、どうもです。ジルの主《あるじ》のアキトです。あの、ジルを勝手に奴隷にしてしまった事、怒ってます？」

「いえいえ、あの子が決めた事ですからね。勘だけは昔から凄く良い子ですので、今後ともよろしくお願いします」

「あっ、はい。こちらこそ」

俺とサジュさんは、互いに頭を下げて挨拶した。爺ちゃんがサジュさんに声をかける。

「どうじゃ、サジュ。儂の孫は？」

「良い子ですね。何より目が良い。この子は大物になりますね」

「そうじゃろう。そうじゃろう！」

サジュさんに俺が褒《ほ》められた事が嬉しいのか、爺ちゃんは楽しげに笑った。

そんな二人を見ていた俺は、さっきサジュさんが言った事について尋ねる。

「あの、サジュさん。ジルの親代わりと言ってましたけど、ジルって……」

「……はい。あの子には両親がいません。というのも、ジルは捨てられていたのです」

それからサジュさんは、ジルを見つけた時の事を話してくれた。

十六年前、彼は偶然立ち寄った街で、生まれて間もないジルが入った箱を見つけたという。その箱には手紙が入っていて、女性の字で〝この子の事を頼みます〟と書かれていたとの事だった。

「それで私の家に連れて帰り、他の弟子達とともに、ジルを育ててきたんです」

「そうだったんですか。その話って、ジルは知ってるんですか？」

「はい。髪色が違いますからね、言わずともすぐに気付いたでしょう。それを知ったうえでジルは、私の事を〝師匠〟と呼び、弟子達がいない時は〝お父さん〟と呼んでくれたのです」

サジュさんは嬉しそうに笑顔で話した。爺ちゃんは「あの頃のサジュは毎日嬉しそうじゃったな」と言った。

そこへ、ローラが口を挟む。

「……それじゃ、私を拾った主は、私のお父さん？」

俺は驚きソファーから落ちた。

「な、何を言ってるんだ⁉」

「えっ？　だって、私も主に拾われてご飯食べさせてもらってるから」

「いやいや、サジュさんの場合と俺達は違うだろ！」

サジュさんがクスッと笑った。爺ちゃんも笑い始める。

サジュさんがローラに向かって言う。

「ローラちゃん、私とジルの場合は、あの子が小さかった時から育てているからだよ。ローラちゃんとアキト君とは、また違う関係なんだよ」

「そうなの？　私、今も小さいよ？」

ああもう！

ローラの返答にサジュさんは少し困った顔をして、俺の方を見てきた。

「ローラ、俺とお前は主従関係。サジュさんとジルは義理の親子の関係なんだ。分かったか？」

「う〜ん……分かった」

うん、分かってないね。

はあ、強くなって帰ってきたのは良いけど、これからが大変な気がしてきたよ。誰かローラに勉強と常識、教えてくれないかな……

それから制服から私服に着替えた俺は、サジュさん、爺ちゃん、ローラと一緒に再びチルド村へ移動した。

そしてジルがいる自警団の訓練場に向かうと、ジルが先にこちらへと走ってくる。

「師匠〜！」

爆速でやって来て、一瞬でサジュさんの目の前に移動してきたジルは、ピタッと立ち止まって頭を下げた。

サジュさんが笑みを浮かべて言う。

「ジルは何処に行っても元気ですね」

「はい！　元気と師匠仕込みの剣術だけが俺の取《と》り柄《え》です！」

サジュさんの言葉にジルは元気いっぱい応えると、俺の横にいる爺ちゃんと目を合わせ、驚いた顔をした。

「リオンさんが、何でここに⁉」

「んっ？　アキトから聞いておらんのか、アキトは儂の孫じゃぞ？」

「えぇぇ⁉」

そういえば、ジルには言ってなかったな。俺の祖父はこの国最強の魔導士だって。

その後、室内に移動した俺達だったけど、ジルとサジュさんには積もる話もあるだろうと思ったので、二人を残して出歩く事にした。

「見ない内に、様変わりしたのう。アキト、これを全部自分達でやったのか？」

「そうだよ。まあ、俺だけの力じゃなくて奴隷達のおかげだよ。それぞれ専門の奴隷を手に入れて、リーダーにさせて、効率良く村を改造していったんだ」

「ふむ……こんな凄い村を見せつけられたら、そりゃアリウスが落ち込むのも納得じゃのう……」

ああそうか。爺ちゃん、父さんに会ったのか。

チルド村の視察を終えてから父さんは、ずっと落ち込んでいるんだよな。

それが、息子の俺に街作りで負けたのが悔しくてなのか、優秀な人材を逃したのが悔しくてなのか、分からないけど……

「ねぇ、主。美味《おい》しい匂いがする～」

「んっ、ローラ。飯《めし》食べてないのか？」

「食べたけど、お腹空《す》いた……」

「……まあ良いか。爺ちゃんにも変わった村を見せたいし、ついでに買い食いでもするか」

それから俺は二人を連れて村を回り、色んな店で買い食いしたり、村の施設を爺ちゃんに説明したりするのだった。

◇　◇　◇

翌日、これまで後回しにしていたローラの常識教育について話し合う事にした。なおこの場にはローラの他に、クロネと元魔帝国の魔法騎士団団長のレオンがいる。

「……よし。ローラの教育係は、今日からクロネ。君に決めた！」

「ちょっ、何で私なのよ！」

まあ、最初から決まっていたようなものだけど。

いつもこういった話し合いに乗り気じゃないレオンには、クロネを誘い出すのに協力をしてもらっていた。

「レオン、あんた、私が売られるって知ってて呼び出したわね」

「さぁ？　だが、俺よりお前のが適任だろ？　俺は戦闘面、お前は雑用面の係なんだから」

「雑用面の係って何よッ！」

そんなクロネに、俺はローラを送り届け、コソッと指示を出す。さあ、今こそ準備していた必殺技、上目遣いを使う時だ！

「クロネお姉ちゃん、勉強教えてくれないの？」

「うぐッ！」

常識皆無なローラだが、そこを除けば可愛い少女。その少女が上目遣いでおねだりをすれば——

「い、嫌じゃないわよ。ローラ」

はい、この通り！　嫌がっていたクロネを一瞬で黙らす事ができました！

「んじゃクロネ、ローラを頼むな。人に教えるのは自分のためにもなるから、一石二鳥《いっせきにちょう》だよ」

そう言って俺は、ローラの勉強用に用意していた教材をクロネに手渡した。クロネは大きく溜息を吐く。

「……ちゃっかり私の分の教科書もあるって事は、元から私以外は考えていなかったのね」

「まあね。何だかんだ言って、クロネは面倒見が良いからな。ローラの教育係にも適任だろうと思っていたんだよ。まあその代わり雑用面はレオンに任せるから、ローラの事を頼むな」

クロネはニヤッと笑った。すかさずレオンが、手をバンッとテーブルに叩きつけて立ち上がる。

「おい、それどういう事だよ！」

「えっ？　いや、クロネが別の任務に就くなら、雑用係は別で代用しないとダメだろ？　んで、この中で一番向いているのはお前だろ？」

奴隷の中には、レオンとクロネ程の機動力を持った者はいないしね。必然的に雑用係がレオンになる事は、本人も分かっていた筈だ。

事前に言わなかったのは、言ったら集まるのを拒否するだろうと思ったからだ……まあ逃げても、命令すれば奴隷だから逆らえないけどね。

「アハハ、まんまと引っかかったわね！」

「チッ！」

クロネが引っかけた訳じゃないけど、彼女は手を上げて喜んでいた。そんなクロネを見たレオンは舌打ちをするのだった。

第3話　試験勉強

「そういえば、最近クロネさん見ないけど、何かしてるの？」

　一時間目の授業が終わった時、アリスから尋ねられた。

「ちょっと今、新しく入った奴隷の教育係を任せているんだよ。クロネって意外と面倒見が良いからな」

「そうなんだ。でも、クロネさんが面倒見が良いのって分かるな～。アキト君がいない時、クロネさん、私の相手をしてくれるの」

「知ってるよ。アリスとクロネが仲良いのを見て、教育係に任命したからね。まあ、それで空いた雑用係をレオンに任せたんだけど、レオンずっと不機嫌なんだよ」

「あ～。だから最近は、レオンさんがアキト君の近くにいるんだね」

　俺はアリスに、自分の奴隷達の事を大抵教えていた。その中でも、いつも俺の近くにいるクロネとレオンは、アリスも大分知っている感じだ。

　そこへ、ルークがやって来る。

「アキト君、お話し中だけど良いかな？」

ルークの手には、先程配られたプリントがあった。俺はすぐに事情を察する。

「何処の問題？」

「問5なんだけど……」

それから、ルークが分からないという問題を教えてあげた。その間に休み時間が終わり、ルークは自分の席に戻るのだった。


昼食の時間になる。

俺はアリスとアミリス姉さんと一緒に、食堂に移動した。いつものようにエリク兄さんと合流して、それぞれが食べたい物を注文してテーブル席に座った。ちなみに今日の気分は米だったので、焼肉定食にした。

エリク兄さんがアリスに声をかける。

「アリスちゃん、学園には慣れた？」

「はい、アキト君とアミリスお姉ちゃんも一緒のクラスなので、すぐに慣れました」

すると、アミリス姉さんが頬を膨らまして言う。

「アリスちゃんそう言ってくれるけど、教室じゃずっとアキトちゃんの近くにいるよね～。私の所に偶《たま》にしか来てくれないのは寂しいな～」

「だって、アミリスお姉ちゃんの周り、いつも人がいっぱいで近づけないもん。アキト君の周りには人がいないから、話しかけやすいんだもん」

「くぅっ、友達作りを頑張ったのが仇《あだ》になったッ」

アミリス姉さんは落ち込んでいるようだが、アリスの言葉、俺の心にグサッと刺さっているの、気付いていますかね？　俺の周りに人がいないって……

そんな風に雑談しながら食事を済ますと、今度あるテストの話題になった。エリク兄さんが話し出す。

「アキトは大丈夫だと思うけど、アミリスは大丈夫なの？」

「う～ん……今の段階で何とか授業についていけてるって感じだから厳しいかも……アリスちゃんはテスト大丈夫そう？」

「今、授業でやってるところはアキト君と勉強してた時に教わってたから、何となく理解できたよ」

アリスがそう言うと、アミリス姉さんは「えっ」と驚いた。

「アリスちゃんって頭良いの？」

アリスに代わって俺が答える。

「アミリス姉さんには悪いんだけど、アリスは学園の授業レベルで言うと、四年生までは完璧だよ」

言葉だけだと信用してもらえないと思い、四年生レベルの問題をアリスに出すと、彼女はパッと答えた。

「……凄いね。アリスちゃん、もの凄く頑張ったんだね」

「はい、アキト君と同じように学園に通いたかったから頑張りました」

笑顔でそう言ったアリスを見て、アミリス姉さんは何かを決心した顔になった。そして俺の方を向くと頭を下げる。

「アキトちゃん、勉強教えて！」

「良いよ。試験勉強は元々するつもりだったからね」

「ッ！　ありがとうアキトちゃん！」

「どうせなら、エリク兄さんも一緒にする？」

「そうだね。なかなか最近は、アキトとの時間も作れてないし、僕も参加させてもらおうかな？」

その後、具体的な試験勉強の日程を決めた。アリスはその期間、うちに泊まれるようにリベルトさんに話すようだ。

それから教室に戻った俺は、数少ない友人であるルークとリクに声をかけた。二人は迷う事なく参加すると言ってくれた。

◇　◇　◇

数日後の週末。

予定していた勉強会を行うため、俺は準備をしていた。アリス、ルーク、リクは昼過ぎに来ると言っていたから、結構時間がないな。

レオンが愚痴《ぐち》を言う。

「ったく、何でギリギリになって準備してるんだよ。時間あったろ！」

「他の事に気を取られてて忘れてたんだよ。それで、ドルグ達に頼んでたお菓子取ってきてくれた？」

ドルグは犬人族の奴隷で、【調理】スキルを持つ転生者だ。うちでは調理全般を任せている。

「ほらよ。それと、飲み物もどうせ言われると思って取ってきたぞ」

「流石、レオンだ」

手伝ってくれているレオンを褒めつつ、俺はバタバタと準備を進めた。

ちなみに勉強は特別な部屋で行う。父さんに大人数で勉強ができる部屋が欲しいと言ったら、使ってない部屋を改造してくれたのだ。

何とか昼前に全ての準備を終え、アリス達を迎える事ができた。勉強部屋へとみんなを案内し、早速勉強会を始める。

「アキト君、ここってどうすればいいの？」

「ああ、そこはね……」

勉強会を始めて少し経った。

当初、俺が皆の前に立って教えようと思っていたのだが、それだと個別に対応できないので、各々で勉強してもらいつつ質問を受ける形にした。

ルークとリクは、積極的に聞いてくれる。

しかし、一番心配なアミリス姉さんは質問せずに、自分の力でどうにかしようとしていた。何度か言葉をかけているのだが、すぐにそうなってしまう。

「一旦休憩にしよう。頭を使ったし、お菓子を準備してるから好きなように食べて」

俺はそう言って、ドルグ達に作ってもらったお菓子を出した。

みんながお菓子とジュースを飲んで休憩してるのを見て、俺はアミリス姉さんに声をかける。

「アミリス姉さん、俺って頼りない？」

「えっ？」

「だって、今日は俺が勉強を教えるために姉さんも呼んだじゃん？　だけど、アミリス姉さんは何も聞いてこないから、俺が頼りないのかなって」

「そ、そんな事ないよ！　ただ、お姉ちゃんが聞くのが苦手なだけだよ」

アミリス姉さんは、少し落ち込んだ風にそう言った。

「でも、アミリス姉さん。次、分からない問題が出たら手を挙げて。そしたら、俺がその問題を一から全部教えるから」

「えっ。そしたらアキトちゃんの負担が増えるよ？」

「良いよ良いよ。今日はそのつもりで勉強会を開いたんだから」

「でも……」

でもでも、と言い続ける姉さん。

俺は姉さんの手を強く握った。

「良いから、俺に任せてよ。アミリス姉さんも勉強できるようになりたいでしょ？」

「……うん」

休憩が終わり、再び勉強会を再開する。

すぐに姉さんが手を挙げたので、俺は問題の解説をしてあげた。その後も頻繁に手を挙げるので、俺は一層忙しくなったんだけど、姉さんがちゃんと勉強できたようで良かった。

そんな感じで勉強会は終わり、皆が部屋を出ていった。

残ったエリク兄さんが声をかけてくる。

「アキトは本当に頭良いね。僕が王様になるよりも、アキトが王様になった方が良いんじゃないかな？」

「俺としては、兄さんのサポートのが良いかな？　そっちの方が、悪い貴族とか裏で片づけられそうだし。俺は表に出る人間じゃないと思うな」

「あ〜。言われてみれば、そっちの方がアキトに似合ってそうだね。僕が表に出て、裏でアキトが動く。うん、凄く良いね」

　エリク兄さんは納得したのか、嬉しそうに言った。

　実際のところ、俺は王になんてなるつもりはない。

　兄さんに言ったように、暗躍するのが難しくなるというのも一つなのだが、本当の理由は、王様っぽい事をしたくないからだ。

　例えば、誰かに褒美を与えるために、キラキラとした場所で変な言い回しをしなきゃいけないとか、俺には無理だ。

「とりあえず、俺は兄さんの裏方を頑張るつもりだよ。そのためには、兄さんに今から色々と頑張ってもらわないといけないいけどね」

「そうだよね〜。最近、父さんから仕事を教えてもらうようになったんだけど、上手くいかなくてね……」

「まだ時間はタップリあるし、一歩ずつ王になったら良いよ」

　俺がそう言うと、兄さんは笑みを見せた。

◇　◇　◇

勉強会から数日が経ち、試験当日となった。

俺の指導を受けてミッチリと勉強してきたアリス達は、試験中も苦しそうな表情を見せず問題を解いていた。

アミリス姉さんはいつものヤバそうな表情をしていなかったので、上手くいっているようなんだけど——


それから更に日が経ち、試験結果が貼り出された。

ちなみに俺の点数は、いつも通り全ての教科で満点。順位表の一位の欄には、俺の名前が書かれている。

自分の順位を確認した俺は、そのまま順位表を見ていき、アリス達が載っていないか確認する。十五位にアリスの名前があり、ルークとリクは二十位台に載っていた。そして驚いたのが、アミリス姉さんの名前が三十一位の所にあった事。

「アキトちゃん、お姉ちゃんやったよ！」

アミリス姉さんは嬉しさのあまり、俺に抱き着いてきた。学園でこういう事をされるのは恥ずかしいんだけど、まあでも今回は抱き着かれておくかな。

「アミリスお姉ちゃん、凄いね。一気に点数が上がってるね」

「うん！　これもアキトちゃんのおかげだよ！」

アミリス姉さんは、嬉しそうに言った。

その後も暫く、アミリス姉さんの喜びは収まらなかった。


「アキト、アミリスから聞いたよ。あのアミリスの点数を一気に上げたらしいね」

自室で本を読んでいると、父さんが入ってきた。

父さんは俺のおかげだと思っているようだけど、姉さんは自分の力であの順位に上り詰めたのだ。

俺はそれの手伝いをしたに過ぎない。

「アミリス姉さんの頑張りのおかげだよ」

「それでもだよ。あのアミリスに勉強の仕方を教えて、点数を上げるなんて……エレミアでさえダメだったんだから」

「姉さんも同じような事を言ってたよ。母さんに教わってもダメだったけど、俺に教わったらすんなり頭に入ってきたって」

「そうだろう。アキトは頭が良いのに加えて、人に教えるのも上手いんだね」

父さんはニコニコと嬉しそうに言い、更に何か言いたそうな顔をしていた。まあ何となく予想はつくけど……

「今後もアミリス姉さんの勉強、見ても良いよ」

「ハハ、気付いてたか。流石、アキトだね」

「嫌ではないしね。どうせアリスの勉強を見るつもりだから、一人も二人も変わらないんだ。それに、この前ルークとかを誘って大人数で勉強したんだけど、楽しかったんだよね」

「そっか。それじゃ、今後もアミリスの事を頼むよ」

父さんはそう言うと、わしゃわしゃと俺の頭を撫《な》でた。それから父さんは部屋を出ていこうとして、扉の前で立ち止まる。

「あっ、そうそう。エレミアがアキトに話があるって言ってたよ」

「母さんが？　珍しいね」

「アミリスの成績を上げた方法でも聞きたいんじゃないかな？」

父さんは部屋を出ていった。俺は本を異空間へと入れて部屋を出る。そして母さんの部屋に向かい、ノックをして中に入った。

「あっ、アキト来たわね。さっ、こっちに座って座って」

「う、うん」

部屋に入るなり母さんに急かされた俺は、母さんの横に座る。すると、母さんは一気に間を詰め、いきなり抱き着いてきた。

「ど、どうしたのッ⁉」

「どうしたのって、アキトが私との時間を作ってくれないからでしょ！　エリクやアミリスとは一緒に勉強して、アリウスとは仕事の手伝いをして、お義父さんとは魔法の訓練で一緒になって、お義母さんには相談したりしている……なのに、私の所には全然来てくれないんだもん！」

「へっ？」

「お母さんも寂しいんだからね？　ただでさえ、アキトが学園に行ってから、アキトとの時間がないのに！」

あの、母さん？　キャラがブレてないでしょうか？

そう思ったんだが、その後も母さんのキャラ崩壊は続き、ずっと俺の事を抱き締め続けていた。

しかしまあ、母さんの言う事も一理あるかな。

家族の中で母さんとの時間は、飯の席くらいしかなかったかもしれないし。

「あ〜……ごめんね？」

「許さない！　今日から、学園から帰ってきたらずっと一緒！　寝る時もお風呂に入る時も、お母さんと一緒だからね！　お母さんが満足するまで一緒だから！」

「えぇ……」

流石にそれは……と思ったが、今の母さんを説得するのは難しそうだ。そう判断した俺は、仕方なく首を縦に振った。

というか振らされた。だって、嫌そうな顔をしたら涙を浮かべてくるんだから、そんなの断れないよ。

「でも、アリスとの勉強時間とかあるから、その時は解放してね？」

「それはアキト次第。お母さんを蔑《ないがし》ろにしなかったら良いわよ」

母さんは真顔でそう言って、俺の体を更に強く抱き締めるのだった。

◇　◇　◇

母さんから、〝甘々《あまあま》します宣言〟を受けた日以来、俺の生活は一変した。まず、何処に行くにしても母さんがついてくる。

トイレまで母さんはついてきた。

「ちょっ、中まで一緒に入らないでよ！」

うん、流石にトイレの中まで入ってくるとは思わなかった。

俺は慌てて魔法で母さんを吹き飛ばすと、ササッと用を足した。その後、母さんを説得して、トイレの時は外で待ってもらうようにした。

宣言の際に言っていた通り、風呂は母さんと一緒に入るようになった。まあ、家の風呂は広いので、一緒に風呂に入るくらい構わないと思っていたんだけど――

「風呂の中でも抱き着いてこないでよ！　ってか、姉さんも一緒に抱き着いてこないで！　まず何でいるの⁉」

「え～だって、お母様だけズルいじゃん？　折角、アキトちゃんがお母様と一緒に入ってるんだから別に良いでしょ～」

この時程、五歳児の体で良かったと思った事はなかった。いや、〝息子〟が反応して家族に変な目で見られたら大変だし。

まあ、冷静さを保つために脳内では叫び散らかしてたけどね？

だって、母さんってまだ二十代で美人なうえに、出る所は出て引っ込んでる所は引っ込んでいるんだから。


学園から帰宅後、母さんと編み物をしていた俺に、父さんが尋ねてくる。

「アキト、大丈夫か？」

「あ～、もう慣れたかな？」

ちなみに、母さんが俺を離さなくなって一週間が経っている。

俺は父さんに〝助けて〟とアイコンタクトを送った。

「ちょっと、アリウス。今は私とアキトの時間なんだから、邪魔《じゃま》しないでよ」

「あっ、ごめんね、エレミア。それじゃ、仕事に戻るね」

母さんに注意された父さんは、そそくさと部屋から逃げていった。

父さんといえども、母さんを説得するのは無理みたいだ。父さんは去り際、〝ごめんね〟のポーズをしていた。まあ、最初から父さんには期待してなかったけどね。

「アキト、上手いわね。もうこんなに編み物できるようになったの？」

「うん、だってずっと母さんと一緒にしていたから、大分慣れたかな〜」

この期間で、俺の編み物のレベルは一気に上がった。以前まで【手芸】スキルはお遊びレベルだったが、既にＭＡＸになっている。

あはは〜、まさかこのスキルもＭＡＸになるとはね〜、思いもしなかったよ〜。

「あら、アキト？　そこの編み方は違うわよ？」

ＭＡＸになったからといって完璧な訳じゃない。その辺の甘さを母さんから指摘される。まあでも、何だかんだこの編み物も楽しんでいるんだよな。

「ねえ、母さんって結構編み物してるけど、作った物はどうしてるの？」

「溜まったら、王都の孤児院に送ってるのよ。大量に作っても孤児院なら、いくらあっても困らないって院長さんも喜んでいるわ」

「へぇ〜……孤児院って、王家からも支援金とか渡してるんだよね？」

「ええ、そうよ。豊かな国といっても、全ての国民を養《やしな》えている訳ではないのよね。この王都にだって、規模は小さいけどスラムはあるし、犯罪も起きてるものね」

そう口にした後、母さんは何処か悲しげな表情を見せた。

母さん、一人でこういう事を考え続けてたんだな。

俺はふと、あるプレンゼントを思いつく。いやでも、それを作るには色々手配しなきゃいけないし、今はできないだろう。そもそもこの状況では出歩けない。


その後も母さんとの編み物は続いた。

陽が暮れた頃、メイドさんに夕食の準備が整ったと伝えられ、母さんに抱っこされて食堂に移動する。

食事中、父さんが真剣な表情で言う。

「エレミア、この後ちょっとだけアキトを借りても良いかい？」

「……」

母さんは暫く父さんと見つめ合うと「良いわよ」と了承した。

息を吐いて汗を垂らす父さん。

いや、自分の奥さんに意見を言うだけでおかしくない？　いやまあ今の母さんを敵に回したら怖いけどさ。

「という訳でアキト、食後は父さんの部屋に来てね」

「はーい」

父さんの言葉に、俺は元気良く返事をする。

ちなみに、食事は母さんに食べさせてもらっているんだよね。そんな風にして、俺はゆっくりと夕食の時間を過ごした。


食後、父さんと一緒に父さんの部屋へとやって来た。

俺の目の前には、大量の書類の束が置かれている。更にその奥には、土下座をする父さんの姿があった。

「ごめんね。アキト……」

「よくもまあ、ここまで溜めたよね。どうしたらこれだけ溜められるの？　いつも仕事してたじゃん」

「いや～……偶に息抜きでチルド村に行ってたら、いつの間にかこんな事に……」

そういえば、奴隷達から父さんがよく来ていると連絡があったな。まさか仕事を放ったらかして、遊びに出歩いていたとは思いもしなかったよ。

「……とりあえず時間もないから始めよ。母さんが風呂に入る時間までが、俺がここにいられるタイムリミットだから」

「ありがとう、アキト！」

笑顔になった父さんを見て、俺は溜息を吐きつつ書類を手に取った。時間を考えると、約一時間程あるかな。本気でやっても、この量は終わりそうにないんじゃないかな。

俺は覚悟を決めて、作業に取りかかった。

その後、書類の八割を片づけたところで母さんの迎えが来た。父さんは、思っていた以上に俺が片づけたので、嬉しそうにしていた。

使うだけ使っといてそのまま母さんに俺を差し出すのは、父さんらしいな……


「おい、起きろアキト」

「ん~……何、レオン？」

風呂に入った後、母さんと一緒のベッドで寝ているとレオンに起こされた。

「何？　って、お前が注文してたもんだよ。ほれっ」

レオンに投げられた物を両手で受け止め、それが何か確認した。

物体の正体は、裁縫が得意なケイトに注文していた、アキト人形、等身大バージョンだ。

「お～、上手くできてる。明日、ケイトにお礼の連絡をやるか。ありがとね、レオン」

「全くだ。母親にバレたくないからって、夜中に俺を使いやがって」

「ごめんごめん。でもさ、ここ数日は母さんとずっと一緒だったし、結果的にレオンも休めたから良かっただろ？」

「ああ。俺としては、このままずっとアキトが母親に捕まっていてくれた方が助かるけどな」

レオンはそう言ってから転移魔法で帰り、俺も布団を被って寝直した。

◇◇◇

翌日、俺は母さんにアキト人形を渡した。

「母さん、これ俺からのプレゼントだよ。俺の奴隷に作らせた俺の等身大の人形。受け取ってくれる？」

「ッ！」

母さんは感極まったように、人形と一緒に俺を抱き締めた。いつもは苦しく感じる抱き締めだが、人形のおかげでそれ程でもない。

「ありがとね、アキト。お母さん、嬉しいわ」

それから食堂で朝食を取った後、部屋に戻ってきた俺は、いつものように編み物の準備を始めた。

すると、母さんから止められる。

「アキト、今日はお母さんと一緒にお出かけをしない？」

「お出かけ？　別に良いけど、何処に行くの？」

「う～ん……そうね。アリウスやリベルトが『凄かった』って言ってた、アキトの村に行きたいわ。私、一度も行った事ないから」

「あっ、そっか。母さんはまだ連れていってなかったね」

俺は母さんの手を取ると、転移魔法でチルド村に移動した。


例の如く、村の入り口で母さんは驚き、中に入って更に驚いていた。

「凄いわね。王都以上に綺麗な街並みだわ……」

「まあ、作ったばかりだからっていうのもあるけど、外観には気を使ってるよ。一応この村は他国からも結構人が来るからね」

母さんにチルド村の中を案内していると、オリス村長に挨拶したいと言った。

この時間帯なら家にいるかな。そう思った俺は、オリス村長の自宅に向かう事にした。すぐにオリス村長宅に着き、呼び鈴を鳴らす。

現れたオリス村長は不思議そうに尋ねる。

「これはこれは、王妃様にアキト様。本日はどういったご用件で?」

「いえちょっと、この村に行きたいとアキトにお願いして、連れてきてもらったのだけど……折角なら挨拶をしておこうと思って、こうして来たのですよ」

優しく微笑んだ王妃モードの母さん。

その後、母さんはオリス村長から、かつての酷い惨状《さんじょう》からいかにして復興していったのかなど、色々聞いていた。

第4話　新たな敵

家に帰ってきた俺と母さん。今度こそ編み物の時間だと思って俺が準備していると、母さんに手を止められた。

「どうしたの？」

「……アキト、もう良いわ。十分アキト成分は補給できたから、いつも通りの日常に戻って良いわよ」

えっ、終わり？

突然の終了の言葉に、俺は驚いて手にしていた毛糸玉を床に落とした。

「その……良いの？」

「えぇ、アキトとの時間も楽しめたわ。無理を言って付き合わせてごめんね、アキト」

「いや、俺も母さんとの時間を作ってなくて申し訳ないって思ってたから、謝る必要はないけど……」

「ふふ、アキトは本当に優しい子ね」

母さんはそう言って、俺が落とした毛糸玉を拾った。

そして、優しく微笑みながら渡してくる。

「本当は、ずっとアキトと一緒に過ごしていたいわ。でも、アキトは色んな事に挑戦する子だから、私の傍に縛りつけてたらダメだって、今日改めて分かったのよ」

「そっか……正直言うと、解放されて嬉しいって素直に思っちゃった。母さんと過ごすのも楽しかったけど、縛られた生活はやっぱり苦しかったかな」

「あはは、そうでしょうね。本当は私もしたくなかったけど、こうでもしないとアキトは私との時間を作ってくれないと思ったのよ。わがままな母親でごめんね？」

「ううん。俺も母さんの気持ちを考えられない子供でごめんね。これからは、母さんとの時間も作るようにするね」

謝り合う俺と母さん。

本日をもって、母さんとの密着生活から解放されたんだけど――まあ、だからといって今日は特に予定はないんだよな。

「えっ、アキト？　もう出ていっても良いのよ？」

「ううん。今日は母さんと過ごす事にするよ。予定も組んでなかったし。明日からはまた色々とやる事があって忙しくなっちゃうから、今日は母さんの好きな事に付き合うよ」

「アキト……」

涙を流す母さん。

それから俺は母さんと一緒に、編み物、絵本読み、お茶などをして楽しい時間を過ごした。

こうして、母さんとの密着生活の最終日は終わった。


「という訳でレオン。明日からは、また色々と頼むよ」

「チッ！」

夕食後、風呂に入って自室に戻ってきた俺はレオンを呼び出して、母さんとの密着生活が終わった事を伝えた。すると、レオンは心底嫌そうな顔をし、盛大に舌打ちをした。

「まあ、今日は報告だけだからもう帰っても良いよ。明日は学園があるから、放課後帰ってきて呼び出すと思う」

「はいはい、分かりました。準備して待っていますよ」

レオンがいなくなった後、俺はベッドに入るのだった。

◇　◇　◇

翌日、いつも通りの学園生活を送った俺は、帰宅してからすぐにレオンを呼ぶ。

「よし、来たなレオン。それじゃ魔帝国まで行くぞ」

「……何で、魔帝国に行くんだ？」

「それは勿論、久しぶりに皇帝の顔を見たいってのもあるけど、ちょっとした話をしたくてね」

レオンは溜息を吐きつつ俺の肩に手を置いて、転移魔法を発動させた。

そうして城へ転移し、その足で皇帝がいる場所に向かう。


「これはこれは、アキト様。お久しぶりでございます！」

「うん、久しぶり～」

皇帝は俺達の魔力を感知していたのか、土下座をして出迎えてくれた。

何でこんな大げさな迎え方をしてくれるのか。それは、皇帝が勝手にやった事なので、決して俺から命じた訳ではない。

皇帝が怯《おび》えながら尋ねてくる。

「あの、アキト様、本日はどういったご用件で？」

「……ねぇ、単刀直入に聞くけどさ。こっちに神聖国《しんせいこく》から連絡なかった？」

「ッ！　な、何の事ですか⁉」

一瞬にして体を震わせる皇帝。

どうやら本当に知らないらしい。

ちなみに神聖国というのは、魔帝国がある大陸の三分の一を国土とする、名前の通り神への信仰心が強い大国だ。

「知らないみたいだから、教えてあげるよ。俺が奴隷を集めているって話は前にしたよね？　それで情報収集が得意な、〝影《かげ》〟に徹する者達を集めた部隊を作ってあるんだけど、彼らから情報が回ってきたんだ。魔帝国が神聖国と密会しているってね」

「「なッ⁉」」

レオンと皇帝が同時に声を上げた。

何故レオンも驚いているのか？　それは、この話はレオンにも話していないから。というか、俺と影達しか知らない。

皇帝が泣きそうな声を出す。

「わ、私は本当に知りません！　命に代えても絶対にそんな事はしていないと誓えます！」

「うん。俺も皇帝は違うって感じてるから、そんなに焦らなくて良いよ。今日は、皇帝がちゃんと俺の味方なのか確認しに来ただけだから」

レオンが真剣な表情で言う。

「なあ、アキト。俺とクロネも知らない情報だよな？　……俺達、信頼されてないのか？」

まあ、そう感じるのは無理ないか。

「信頼はしてるさ。でもな、確証がない事を言ってお前達を焦らせるのは、主として失格だと思ったんだよ。そんで確証を得たのが、ついさっきこの城に来た時だ」

「どういう事だ？」

首を傾げるレオンに俺は告げる。

「前にも話したと思うが、俺は一度神と会った事がある。そのためか分からないが、信仰が強い者も感知できるんだ。それでついさっき、神聖国の者らしき人物の魔力を感知したんだよ。確か、魔帝国と神聖国は仲が悪かったよな？　仲直りしたのか？」

皇帝に問うと、彼は首を横に振った。

「いえ、今も小競り合いは国境近くで行われています。ですので、神聖国の者がこの城にいるとなれば……」

「という事だ。まあ、俺とレオンが現れた瞬間、あちらさんは逃げていったけどな」

魔帝国と神聖国がどのレベルで繋がっているかはさておき、神聖国が怪しい動きをしているのは間違いない。

その後、今後について話し合う事にした。

早速レオンが尋ねてくる。

「それでアキト、神聖国は何をしようとしてるんだ？」

「それなんだけど……目的までは分かっていないんだよな。現時点でジルニア国内に神聖国の奴らが入ってきていて、怪しい行動をしているのは確認してるんだが……」

皇帝が尋ねてくる。

「……アキト様でも分からないのですか？」

「奴ら、妙に動きが慎重でな……ただ単に観光で来てるんなら別に良いんだが、そういう風でもないんだよな」

「……各地に行かせている奴隷達を集めるか？」

レオンの意見に、俺は首を横に振る。

「いや、逆に散らばらせていた方が良い。そっちの方が情報は集まるからな。影もそんなに沢山いる訳じゃないし……」

するると、皇帝がゆっくりと手を挙げた。

「あの、それでしたら、私の国で密会してる者を捕まえて、尋問するのはどうでしょうか？　魔帝国の者を尋問するだけなので、神聖国にどうこうする訳でもないですし、事を大きくせずに情報が手に入るのではないでしょうか？」

……それ、ありだな！

俺は皇帝に言う。

「よし、そうとなれば密会者を捜すぞ！　皇帝は城の中にいる兵士を探ってくれ。怪しい奴は俺が尋問していくから」

「尋問って、アキトお前、何をやるつもりだ？」

レオンは、俺が何か酷い事でもすると思ったようで、引き気味に聞いてきた。

「失礼な奴だな、尋問って言ってるだろ？　新しく作った新薬が試せて一石二鳥だ」

俺は異空間から麻袋を取り出し、大量に入っている黄緑色の錠剤を見せた。

これは〝尋問薬〟といって、遥か昔に錬金術師が作製したという薬だ。薬を飲んだ者が嘘を吐くと、激痛が体中に走ってしまうという効果がある。

「皇帝は、宴《うたげ》か何かだと言って兵士達を全員集め、この薬を入れた飲み物を飲ませてくれ」

「分かりました」

皇帝はコクリと頷いた。


俺は一旦、ジルニア国の王都にある拠点に帰ってきて、主要メンバーを集めた。エルフシスターズ、ドワーフズ、クロネ、ローラ、レオン、そしてジルだ。

会議室に集まった彼らに、皇帝の所で話した内容を伝えた。

「……という訳で、もしかしたら神聖国とやり合うかもしれない。その時のために準備はしておくように。ドワーフズは装備のメンテナンスを頼むな」

「「「はい！」」」

ドワーフズは勢いよく返事をした。

「エマ達は、街中や王都周辺で怪しい奴がいないか注意し、俺に報告してくれ。勝手に動こうとするなよ。あっちが慎重に動いているなら、こっちも慎重に動くんだ」

「「了解しました」」

綺麗な姿勢で敬礼するエルフシスターズ。

「ローラ、ジル。お前達は、チルド村で怪しい奴が入ってこないか確認をしておくんだ。できるな？」

「できるよ」

「お任せください。チルド村は俺達が守ってみせます」

二人ともやる気十分といった感じだな。

そこへ、クロネが尋ねてくる。

「ねぇ、何で私の名前が呼ばれてないの？　レオンと二人だけ残ってるって一番嫌なパターンじゃない？」

「おい、フラグを立てるんじゃない。こういう時は大抵……」

「レオン、クロネ。お前達には、城での警備をしてもらう」

「「……へ？」」

最後にレオンとクロネに指示を出すと、二人は間抜けな表情をした。って、俺が指示を出してる途中でこいつら何か言ってたな？

「な、何でそんな普通の仕事なの？　絶対に裏があるんでしょ!?」

「ど、どうしたんだアキト？　ね、熱でもあるのか？」

失礼な事を言う奴らだな。

「……お前らの俺に対しての反応は、これが終わったら改めてもらうからな。ともかく、お前らは戦力として信頼できるから、一番守ってほしい城に送るんだよ。チルド村には、防衛システムがあるから、最低限の人数で十分だ」

王都の住人のために犯罪者を捕まえたりしていた俺だが、別に王都の住人を絶対に守ってみせる！ という心はない。顔も知らない他人よりも、大切な家族・友人を守るというのが、俺のスタンスだ。

第二王子なのに住人を大切にしないのか？ という意見もあるだろう。そりゃ、大切に思ってるけど、家族と友人の次くらいだ。

「それじゃ、各自持ち場につけ」

俺は奴隷達に指示を飛ばすと、家に帰宅した。

◇◇◇

神聖国の暗躍に気付いてから、一月程経った。

その間、神聖国側からの接触はなかったが、ジルニア国と魔帝国で神聖国の者達を発見する頻度が上がっていた。

魔帝国側では尋問薬を飲ませるパーティーが近々開かれる予定なので、それで進展があれば御《おん》の字《じ》なんだけど。

「アキト、本当に神聖国は敵になると思うか？」

「どうだろうね。国土的にはそんなにだけど、国力はそれなりにあるからね。戦争を仕掛けてきてもおかしくないよね」

現在、俺は自室にてレオンと話し合っていた。クロネも家の中にいるのだが、エリク兄さんとアミリス姉さんの護衛につかせている。

「俺はあと数日で長期休みだし、休みに入ったら本格的に動くつもりだよ。今まで敵に好きなようにさせていたから、そろそろボロも出る筈だろうしね」

「……お前は五歳児の癖に、何でそんなに悪い顔ができるんだ？」

「失礼な奴だな。悪い顔ではなく、楽しそうな顔と言えと前も言っただろ？　またお仕置きされたいのか？」

〝お仕置き〟と聞いた瞬間、レオンはブルッと体を震わせた。

あら、レオンにもトラウマになってるんだな。ちなみにクロネは〝お仕置き〟と聞いただけで、謝罪を連呼するようになってるけど。

「ったく、あのお仕置きもそうだが、本当に五歳児かよ。お仕置きに魔消薬《ましょうやく》を使う奴なんて、世界中探してもお前だけだぞ……」

「そりゃそうだ。魔消薬を作っているのは、俺だけだからな。他の錬金術師はレシピすら知らないだろうよ」

レオンが言った〝あのお仕置き〟とは、次の通りだ。

まず、帝国とやり合った時に活躍した魔消弾を撃ち、魔力を失わせて気絶させる。それからエリクサーをぶっかけて、魔力を元に戻して気を取り戻させ、また弾を撃つのだ。

レオンとクロネにやったお仕置きでは、多めに十回は気絶してもらったんだよな。

「それで、アキト。もしも神聖国が敵だったら、どうするんだ？」

「敵の出方にもよるけど、まあ最悪は魔帝国と同じように俺が沈めて、俺の好き勝手できる国にするよ。今回はまだ父さん達も本格的に動いてないからね、コッソリやればバレずに神聖国を自分のものにできるね」

「……ほんと、こいつの本当の姿を、誰か暴《あば》いてくれないかな……」

そんな風にレオンと話し合っていると、ノックする音が聞こえた。

返事をすると、メイドの一人が入ってきて「アリウス様がお呼びです」と伝えてきた。レオンが口にする。

「珍しいな、最近は呼び出されていなかっただろ？」

「あぁ、とりあえず行ってくるよ。その間、レオンも兄さん達の護衛をしておけ」

そう言って俺は自室を出て、父さんの部屋に向かった。

「アキトかい？　入って良いよ」

部屋の中に入ると、父さんは複雑そうな顔をしていた。

「父さん、どうしたの？　いつも笑顔なのに今日は違うね」

「あはは……ちょっとね。困った事が起きたんだ……」

父さんはそう言って溜息を吐いた。

もしかして父さんに神聖国が接触してきたのか？

「……それって、神聖国絡み？」

俺がそう言うと、父さんは少し驚いたような顔をする。

「……アキトは気付いていたの？」

「多少はね。これでも軍隊並みの奴隷を持っているから、色んな所から情報が回ってくるんだよ」

「そっか、そういえばそうだったね。アキトの言った通り、ついさっき神聖国から手紙が届いたんだよ。『近々、ジルニア国へ戦争を仕掛ける』ってね」

……そう来たか。

ジルニア国が狙われるのも、仕方がないといえば仕方ない。国土の広さが世界で一番の国であり、資源も沢山ある。魔帝国には劣るが魔石の産出量が多く、海に恵まれているので海産物も豊富だ。

俺は父さんに問う。

「それで、父さんはどうしたいの？」

「うん、話し合いで解決できたら良いなと思っていたけど、神聖国がこちらに向かってきてるって伝令も来たんだよ」

「端《はな》から話し合う気はないのかな」

「こっちは何の準備もしてないのにね。全く、魔帝国もそうだったけど、どうして争う事しかできないのかな？」

父さんは少し怒りを露《あら》わにして溜息を吐いた。

俺は、そんな父さんに質問をする。

「それで、俺を呼んだという事は、何かしてほしいんだよね？」

「うん……アキト、この戦争を収める事はできる？」

「……それは、話し合いの場を設けてって話？　それとも制圧する的な話？」

「どちらもアキトに任せるような事じゃないって分かってるけど……今回に限っては話し合いは難しいと思うから、制圧する的な話でできるかな？」

父さんは凄く真剣な表情で言った。

父さんは、俺なら何とかしてくれると思っているのだろう。まあ、最近は力を多少見せているし、そう思われても仕方ないか。

「まあ、五歳児の俺に戦争を収めてって話自体、無茶振りだと思うけど、やれる事はやってみるよ。

これでも第二王子だしね。自分の国を勝手に荒らされるのは嫌だし」

俺がそう言うと、父さんは「ありがとう」と口にし、自分の力のなさに落ち込んでいるのか、悔しそうな表情をした。

……さてと、やりますかね。

俺は父さんの部屋を出た後、緊急会議を行うため、事前に決めていた戦争参加メンバーをチルド村にある作戦室に集めた。

同時刻、俺は【念話】で、皇帝に「神聖国が動き出した」と伝えた。

第5話　神聖国

皆が揃う前に、現時点の自分の力を確認しておこう。

そう思った俺は、自分のステータスを見た。

名　前：アキト・フォン・ジルニア
年　齢：5

種　族　：クォーターエルフ
身　分　：王族
性　別　：男
属　性　：全
レベル　：56
筋　力　：2357
魔　力　：5697
敏　捷　：2689
運　　　：78
スキル　：【鑑定：MAX】【剣術：4】【身体能力強化：4】
【気配察知：MAX】【全属性魔法：4】【魔法強化：MAX】
【無詠唱：MAX】【念力：MAX】【魔力探知：MAX】
【瞑想：3】【付与術：MAX】【偽装：MAX】
【信仰心：4】【錬金術：MAX】【調理：2】
【手芸：MAX】【使役術：MAX】【技能譲渡：MAX】
【念話：MAX】
固有能力：【超成長】【魔導の才】【武道の才】

【全言語】【図書館EX】【技能取得率上昇】
称　号：努力者　勉強家　従魔使い
加　護：フィーリアの加護　アルティメシスの加護

ここ最近は母さんと生活をともにしていて訓練もそんなにできなかったから、スキルも【手芸】が上がったくらいだ。

「それでも、【瞑想】は上がっても良いんじゃないか？　結構やってたんだがな……」

母さんと一緒でもレベル上げできるスキルは【手芸】と【瞑想】だと思い、その二つは暇があればやっていた。

まあ、【手芸】は、母さんに付き合って編み物をしていただけだけど。

ステータスを確認していると、戦争参加メンバーが続々と集まってきた。三十分もしない内に全員揃い、俺は皆に告げる。

「え～【念話】で伝えたが、以前から危険視していた神聖国が、我がジルニア国に戦争を仕掛けてきた。そして、既にこちらに飛行船で向かってきている。影の報告によると、その数は五十隻だ」

「五十!?　そんなに多くの飛行船を動かせる程の魔石を、神聖国は持っていたのか？」

そう言って驚くレオンに俺は答える。

「裏で魔帝国と取引していたんだろうな。まあ、そっちの内通者は皇帝が見つけてくれるだろうが、見つけ出したら俺が〝お仕置き〟する予定だ」

〝お仕置き〟という単語を耳にして、クロネとレオンが体を震わせた。

「飛行部隊は、以前からレオンに任せていた飛行生物で迎え撃とうと思うが、今はどのくらいいるんだ？」

「レッドワイバーンが十七体、ブルーワイバーンが十体、それとワイバーンの上位種のレッドドラゴンが三体だな」

「ふむ、結構捕まえてたんだな」

「ああ、ワイバーンの巣を見つけられてな。そこで、既に捕まえていたワイバーンに説得してもらって、仲間にしたんだよ。ってか、その時に思ったんだが、あのワイバーン達、何であんなにアキトを好きなんだ？　そんなに会ってないだろ？」

「そうよ。捕まえてきた私よりもアキトの事を好きなのよ？　おかしくない？」

レオンに続いて、クロネも疑問を口にした。

ふむ、奴らが俺に懐いている理由か。

「まあ、竜種って強い奴に従う習性があるだろ？　だから、一番強い俺に従っているんじゃないか？　クロネは俺の下で働いてて、ワイバーン達もクロネより俺のが上って認識してるし、レオンは俺に負けてる姿を見られてるだろ？」

「そういえばあの時にいたな……だからなのか？」

納得がいかないという顔をしつつ、レオンはその話題を切った。

それから俺は皆に作戦を伝え、出発は一時間後という事になり解散する。残ったレオンが俺に話しかけてくる。

「ってか、俺とアキトだけで撃退するってどういう事だよ……」

「そんなの、転移魔法が得意なのが俺とレオンだけだからだろ？」

今回の作戦、俺とレオンが魔消弾の銃を持って、転移魔法を駆使して制圧するというパワープレイだ。他の参加者も戦線に来てもらうが、実際に戦闘に加わってもらう事はなく、ただの見掛け倒し。

そんな作戦に納得がいかないのか、レオンはずっと愚痴を言っていた。


準備は順調に進み、予定時間に村を出発した。

早速レオンと俺で、ワイバーンと戦争参加メンバー全員を海の近くまで、転移魔法で一気に移動させた。

流石にこの大所帯を転移させるのは、結構な魔力を消費した。しかし、こんな事もあろうかと魔力回復薬を用意していたので問題ない。

レオンと二人で一気に飲み干す。

「よしっ、それじゃ準備も整ったし行くぞ。基本的に俺とレオンが動き回るから、他の者達は協力して数隻の船の相手をしてくれ。クロネ、今回無茶な役はレオンに全て任せてるんだから、他の奴らの事は頼むぞ？」

「ええ、そのくらいは任せて頂戴《ちょうだい》。頑張ってね、レオン」

「ちっ。帰ってきたら、お前にも転移魔法教えてやるからな」

クロネとレオンは最後の最後まで言い合いをしていた。こうして俺達は空へと飛び立った。


空に俺達の軍勢が現れると、神聖国軍は攻撃魔法をこちらに放ってきた。

「レオン」

「あいよ」

しかし、魔帝国のトップだったレオンにかかれば、神聖国の魔法など容易《たやす》く相殺《そうさい》できる。ちなみに魔力量的には俺よりもレオンの方が多いので、壁役はレオンに任せている。

そんなこんなで十分もしない内に、敵の飛行船群の近くにやって来た俺とレオン。それぞれ別の船に押し入る。

俺を目にした兵士が声を上げる。

「な、何者だ。お前ッ!?」

「……いやいや、攻めてきた側の癖によくそんな事言えるね？　普通に考えて、反撃されると思わないの？」

俺はこの期間に完成させたフルオート銃で、無差別に魔消弾を当てていった。

一隻を制圧するのに五分もかからなかった。それから俺は転移魔法を駆使して、一つひとつ潰していく。

まあ、何と言うかアレだな。魔帝国の兵士の方が強かった感はある。

「こんな戦力でよくもまあ、爺ちゃんがいる国に攻めてきたよな？　俺が出てこなくても、爺ちゃん一人でどうにかできたでしょ」

その後も特に苦戦する事はなかった。

俺とレオンは、最後に残った少し豪華な作りの船で合流した。レオンの方も簡単だったみたいだな。

「弱すぎだろ？　何でこの戦力でジルニア国に攻め込んだんだ？　数で押し切れるとでも思ったのか？」

「そうなんじゃない？　だって、船の中にぎっしり兵士がいたからね。いや～、フルオート銃作って正解だったよ。何処に撃っても敵に当たるから」

「それは分かる。固まってるから、適当に撃つだけで制圧できるもんな」

そんな風に、俺達は気楽に船内に入っていく。待ち構えていた兵士達に向けて銃を放ち、奥へと進んでいった。

扉を見つけて中に入ると、そこにいたのは着飾った連中だった。

「やって来たな。悪神《あくしん》の使徒《しと》どもが！　我ら、神聖国アルタナ国兵団の力を今こそ見せよう！」

一際目立つ格好の三十代くらいのオッサンがそう叫ぶと、周りにいた奴らも同じように声を上げ、魔法を放ってきた。

バンッ。

うん、魔消弾を撃って魔法を消滅させたよ。

ってか、フルオート銃を使うまでもなかったから、拳銃型に持ち替えた。だって、フルオート銃は五歳児の俺にとっては大きくて扱いづらいんだよ。

レオンから「なら、二丁持ちをやめれば良いだろ」と言われたが、片手に一丁ずつの銃を持つ方がカッコいいからと押し切った。

だから、今はそれぞれの手に拳銃型を持っている。

バンッバンッバンッ。

敵が魔法が消えた事に混乱している隙に、〝何たら兵団〟と名乗った奴らに向けて、俺とレオンは銃を撃っていった。

そして数分もしない内にこの部屋にいた者達を全員沈めた。

レオンが肩を竦《すく》めて言う
「もう終わりかよ……呆気なさすぎるだろ」

「だな。魔帝国の時はレオンが頑張ってたから苦戦したけど、今回はただの銃の練習をしたくらい

の感覚だな」

俺とレオンが神聖国の兵士達に呆れていると、一人、別の部屋から現れた。

四十代くらいのオッサンで、ここにいる奴らと違う印象だ。更に豪華な服を着て、妙なオーラを纏《まと》っている。

そのオッサンが口を開く。

「私は、神聖国アルタナ最高司祭アルマです。ここで使う羽目になるとは思いませんでしたが、最後の切り札を使わせてもらいましょう。今の私は、神聖国アルタナが唯一崇拝する、聖神アルナ様の力を身に纏っているのですよッ！」

「……とか言ってるけど、アンタの横で土下座してる神様は何？」

「へっ？」

威勢良く攻撃を仕掛けようとしたオッサンの横に、二十代くらいの女性の姿をした神様がいる。

俺が指摘したように、彼女は土下座をしていた。

「すみませんすみませんすみませんッ！　まさか、アルティメシス様が加護をお与えになっている方がいるとは、思ってもいませんでした。本当にすみません。ですので私を消さないでくださいッ！」

女の神様は必死に懇願してきた。

……え〜っと、俺達はどうしたら良いんだろうか？

そう悩んでいると、俺達の前に神秘的な光が集まっていく。やがて、神々《こうごう》しい姿の男性が現れた。

「アルナ、君に処罰は下さない。だが、これ以上の行為をしたら……分かってるね？」

「はいッ！　すぐに国に帰らせます。そして、ジルニア国、並びにそちらの男の子に従うように命じますッ！」

「うん、そうして」

男が、いやアルティメシス様がそう言うと、アルナという女神はオッサンの胸倉《むなぐら》を掴んで泣きながら罵倒《ばとう》し出した。

アルティメシス様が俺とレオンの方を向く。

「こうして話すのは初めてだね。私はこの世界の全ての神を従えている、主神アルティメシス。改めてよろしく、アキト君」

その後、神聖国の船団は帰っていった。

俺は神聖国の女神アルナから詫《わ》びの品として加護を頂き、色々あって疲れたが、拠点へと帰宅するのだった。

◇　◇　◇

そして、父さんに戦争が終わった事を告げて、暫くの間部屋に来ないように言ってから自室に帰ってきた。

俺は、目の前にいる神々しい存在に改めて礼を言う。

「……あの、アルティメシス様。今回は、ありがとうございました」

「いいえ、そろそろあの子には反省していただこうと思っていましたので、ちょうど良かったんですよ」

アルティメシス様は軽く微笑みながらそう言うと、俺の方をジッと見てきた。

いや、マジで、何を話せば良いのか分からないし、早く帰ってほしいんだけど!? 何でまだいるの!?

なお、クロネとレオンは「後片づけがあるから！」と言って逃げ出しやがったッ！

「……そんなに畏《かしこ》まらなくても良いですよ。アキト君にはローラちゃんの事を頼んでいますからね」

「い、いや～……さ、流石に主神様相手に畏まるなと言われましても……」

「そうですか？　ふむ、確かに全ての神を操る権限を持っていますが、私も神の一柱に過ぎませんから、友と話すような感じで良いですよ？」

友と話すようにって、この世界で一番言っちゃいけないのアンタだからッ！　ってか、神の時点で畏まるだろッ！

俺は泣きたくなりつつも、乾いた笑みを浮かべた。

登場の仕方とかカッコ良かったのに、何でこんなフランクなんだよ。

「まあ、慣れというのもありますし、今は良いですよ。今後に期待という事で」

「えっ、これからも会うんですか⁉」

「逆にそんなに嫌がられると、私も悲しいのですが……」

「あっ……」

悲しそうに下を向くアルティメシス様。

いやいや俺何してんの⁉　主神様を傷つけちゃったよッ⁉

「す、すみません。ちょっと、驚いただけで、これからも来ていただいて構いませんよ！」

「ほ、ほんとですか？　いや〜、私って神様の中で一番偉いので、他の神も恐縮しっぱなしなんですよ。暇な時に伺っても、誰も相手してくれなくて……でも、これからはアキト君が相手してくれるんですよね」

ニッコリと笑みを浮かべるアルティメシス様。

俺は内心「やらかしたぁぁ」と叫んでいた。

それからアルティメシス様は、俺の部屋で何故か寛《くつろ》ぎ出してしまい、お茶を飲みながら昔話を始めた。

昔話は暫く続き、終わる気配がない。

「でさ〜、その時に選んだ勇者君がね〜」

……あの、何でこうなってるの？

ってか、ずっと昔話聞かされて飽きてるんだけど？　もう、この際ローラについて聞いちゃうか？

「……あの、アルティメシス様。一つだけ質問してもよろしいでしょうか？」

「んっ？　あっ、私ばっかり喋ってたね！　いいよいいよ。アキト君は何を聞きたいのかな？　勇者の話？　魔王の話？　それともダンジョンが崩壊して魔物が大量発生した話？」

「いや、あのそういった話ではなくてですね。ローラについて聞いても良いですか？」

「あっ、ローラちゃんの事か～」

アルティメシス様はお茶を一口飲むと、ニコニコとしながら話し始めた。

「ぶっちゃけて言うと、ローラちゃんって神の生まれ変わりなんだよ」

「……へぁっ？」

アルティメシス様の言葉に、俺は素《す》っ頓狂《とんきょう》な声を上げた。

「ローラちゃんは神だった頃、私とも普通に話してくれるいい子だったんだ」

それからアルティメシス様は、ローラが神だった頃の話を始めた。

当時のローラの名は、ローラル。俺を転生させてくれたフィーリア様と同じく〝生命〟を司る神様で、転生者の面倒も見ていたらしい。

ある日、ローラル様は自らが異世界に送った転生者が死ぬ光景を見た。

その転生者は、ローラル様にとって特別な存在だったため、その死が受け入れられなかった。それでローラル様は、神の力を使って蘇生《そせい》させてしまったという。

「まあ、流石に死をなかった事にはできないから、結局その転生者はあの世へと向かわせたけど、そんな事をした神を処罰なしにはできなくてね。会議の結果、神としての力を封印し、下界で過ごさせる事にしたんだ」

「成程、それでローラに加護を与えて見守っていたという事ですか」

「そうそう。比較的安全なジルニア国に生まれさせてね。ちなみに、ローラの肉体も私が作ったんだよ。神の力って凄いでしょ？」

「いや、神様の力が凄いってのは知ってますよ……」

「それと、アキト君がローラを奴隷にしたのは驚いたよ。でも、アキト君って奴隷を奴隷として扱ってない感じに見えたし、フィーリアにも話を聞いていい子そうだったから、任せる事にしたんだ」

アルティメシス様は笑顔でそう言った。

そして急に真剣な表情をして俺に頭を下げる。

「罰で人として生活させているが、私にとって唯一と言っていい友だった彼女に、どうか楽しい人生を送らせてあげてほしい」

それから、アルティメシス様は「偶に来るから、その時は面白い話を聞かせてあげるね」と言って神界へ帰っていった。

精神がすり減っていた俺はベッドに横になり、眠りについた。

第6話　戦力強化

その後、詫びを入れてきた神聖国は、ジルニア国の傘下《さんか》に入る事を正式に発表した。それを知った時、父さんはただ驚愕していた。

そして現在、俺は父さんに呼び出されている。

「確かにアキトに頼めば、何とかなる気はしたけどさ、まさか神聖国がジルニア国の傘下に入るとは思わなかったよ……」

「俺もそこまでは考えてなかったよ？　ただ、向こう側がジルニア国の戦力、というか俺の戦力を見て、勝てないって悟ったんだろうね。それで、下につくって言ってきたんだよ」

「アキト、知らない間に従魔も従えていたみたいだしね……ワイバーンを二十数体もよく隠していられたね……」

羨ましそうな目をして、父さんは言った。

そうなのだ。今回の戦争で、俺の戦力は大体が明るみに出てしまったのだ。

俺のもとには、元々知られていた、クロネやレオンらの主力メンバーに加え、ワイバーンやレッドドラゴンがいる。

ちなみに従魔は俺のものではなく、奴隷が【使役】スキルを持っているため、と嘘を伝えてある。

流石に五歳児がワイバーンを従えてたら、大騒ぎになりそうだからね。

「隠していた訳じゃないけど、チルド村に置いておけるしね。父さんには教えてないものの、まだまだ秘密は沢山あるよ」

「……まあ、アキトが悪い事をしない限りは、父さんは何も言わないよ。それに今回は、アキトのおかげで助かったしね」

父さんはそう言って、乾いた笑い声を上げた。


部屋に戻った俺は、レオンとクロネを呼び出した。

「という訳で、今回の事で俺の戦力の一部がバレてしまった。今後、更なる危険に晒《さら》されるかもしれないので、チルド村の警備をもう少し強化しようと思う」

「まあ、そうだろうな……これまでもちょいちょい来ていたが、チルド村やアキトの所に、色んな思惑を持った奴が寄ってくるだろうな」

「まあね。俺の所に来るんであれば、逆に利用してあげるけどね」

そう言って「ふふふ」と笑うと、クロネとレオンに引かれた。

レオンが尋ねてくる。

「それで、強化するといっても具体的に何をするんだ？　現時点でも相当強固だぞ。大量の魔物が攻めてきたところで、壁が自動修復して持ち堪えられるからな」

「うん、守りは十分だと思うよ？　更に非常事態になれば、ゴーレムも出動するようにしてるしね。問題は攻撃の方。自警団がジルによって強化されたといっても、まだまだだろ？」

俺がそう言うと、クロネが答える。

「そうね。ジルだけが抜きん出ているだけで、それ以外はジルについていくので精一杯って感じね」

「だな。俺も偶に見に行くが、ジル以外はまだまだだな」

レオンも賛同した。

俺は二人に向かって言う。

「技術は、ジルに任せていれば良くなると思う。だが、素の能力値が高くなきゃ、いくら技術があっても力負けするだろ？」

「まあ、そうだな……」

「もう暫くしたら本格的に冬になるだろ？　流石に冬に攻めてくる馬鹿もいないだろうし……自警団と主力メンバーを連れて、レベル上げをしようと考えてるんだ」

レベル上げ――ド定番な強化方法だ。それにもかかわらず、俺の言葉に二人は「え？」といった反応をした。

　俺は二人に尋ねる。

「どうしたんだ？」

「いや、アキトにしては普通なやり方をするなと思ったから……てっきり狂魔導士に頼んで戦わせるとかするのかと」

「私もそんな感じの事を思っていたわ。ご主人様にしては普通じゃない？」

　……これは俺が悪いのだろうか？

　まあ二人には色々と酷い事をさせてきたし、そう思われても仕方ないのだろう。

「別にそれでも良いけど、爺ちゃんと戦ったところで能力値が上がる訳ではないからな。結局、レベルを上げないと、能力値は上がらないだろ」

「確かにな」

「あとさ、大所帯でレベル上げするというのも、なかなか難しいと思うんだ。だから、何組かに分かれて、それぞれの場所でレベル上げをさせるつもりなんだ」

　ダンジョンとか、魔帝国にある強い魔物が出る場所とか、そういう所でレベル上げさせたら、かなり戦力アップするだろう。

　そう考えていたら、何故かクロネとレオンがブルッと体を震わせた。

「アキト、今何か俺達にとって悪い事を考えなかったか？」

「んっ？　そんな事ないぞ。気のせいだ」

レオンとクロネは、先日お仕置きを受けさせて以来、色々敏感になってるんだよな。

その後二人を退出させてベッドに横になると、俺は【図書館ＥＸ】を発動し、異空間の図書館にやって来た。

何故、図書館に来たかって？　そりゃ、美味しい狩場を調べるために決まっている。

「え～と、おお、ジルニア国にも美味しい狩場あるんだな……ふむふむ、ここはレオン達を向かわせるのにちょうど良い場所だな……」

そんな風にして二時間程探し、レベル上げに向いた場所をチェックし終えた。ジルニア国内に三か所、神聖国に二か所、魔帝国に一か所あったな。

「奴隷達だけじゃなくて、俺もレベル上げに参加したいな……父さんに話して、行っても良いか聞いておくか」

図書館から現実世界に戻ってきた俺は、早足に父さんの部屋に向かった。

「父さん、冬休みの旅行に行く前に、レベル上げに行っても良い？」

「レベル上げ？　アキトがかい？」

「うん、本当はクロネ達だけ行かせようと思ってたんだけど、俺も魔物と久しぶりに戦いたいなって」

「う～ん……クロネちゃんやレオン君がいるなら大丈夫だと思うけど、念のためリオン父さんも連れていくなら行っても良いよ」

俺は城内の魔力を感知すると、裏庭で爺ちゃんが日向ぼっこしているのを発見した。

そういえば爺ちゃん、今回の戦争で自分の出番がなかったから落ち込んでいるって、父さんが言ってたな。

……なら行けるんじゃないか？　早速相談してみよう。


「……アキトか。どうしたんじゃ？」

「爺ちゃん、冬休みに俺と一緒にダンジョンにレベル上げに行かない？」

「ッ！」

爺ちゃんは目をキランッと光らせた。

「ほら、主神様と会ったって言ったでしょ？　その時にさ、ジルニア国内にある未だ発見されていないダンジョンの場所を教えてもらったんだよ。中にいる魔物もちゃんと強いらしいよ」

「ッ‼」

図書館で得た知識を主神様に教えてもらったと、ちょっと嘘を交えて言った。

すると、爺ちゃんは寝ていた体勢から起き上がり、鼻息を荒くして興味津々といった顔を近づけてくる。

「……と、父さんがね。爺ちゃんがついていくなら、レベル上げに参加しても良いよって言ったんだ。爺ちゃん、一緒に行ってくれる？」

「勿論じゃッ！」

爺ちゃんはそう叫ぶやいなや、俺を連れて父さんの部屋に転移し、父さんにダンジョンに行くと伝えたのだった。

その後、俺は「具体的な日程が決まったら教えるね」と言って爺ちゃんと別れ、部屋に戻った。

これで、危ない状況になっても大丈夫になったかな。良かった良かった。

◇　◇　◇

翌日、俺は学園の教室で授業を受けている。

冬休みまで、あと二週間程ある。

レオン達には、レベル上げに行く時に必要な物資などを準備させていた。ドワーフズには前回の戦争で消費した魔消弾を作らせている。いざという時に弾切れになったら嫌だからな。

神聖国と戦争したのはついこの間。そのせいもあって、俺は十分な休息を取る事もなく学校に来ていた。

勉強にやる気も出ずボーッとしていると、アリスから話しかけられる。

「アキト君、冬休みの予定ってもう決まってる？」

「ん～……今のところ、前半は結構決まってるよ～」

「そうなんだ……あっ、そういえば聞いたよ。アキト君の兵士さん達が、神聖国との戦争に勝利したって。凄いね。兵士さんって事は、クロネさんとかも戦ったの？」

「ああ、クロネも戦ってくれたよ」

今回の件は〝王国は神聖国の動きに気付いていなかったが、第二王子の私兵が独自に情報を入手して神聖国と戦った〟と報道されていた。

それで勝手に動いた俺に批判もあったんだけど、それには父さんが対処してくれた。

王国が情報を掴んでなかった事に問題があったと公式に謝罪したのだ。

父さんのその姿を見た多くの国民は〝王に謝罪させるなんてッ！〟と逆に怒ってくれたらしい。

そんなこんなで批判は収まってくれたみたいだ。

「あっ、アキト君。もうすぐテストだけど、今回もテスト勉強手伝ってくれる？」

「勿論良いよ。またルーク達を集めて、皆で勉強会しようか」

俺がそう言うと、アリスは嬉しそうに「ありがとう」と言った。


そして、休み前のテストはというと――勉強会に参加したメンバーは全員、前回と同じか少し成績が上がっていた。

こうして冬休みへと入ったのだった。

あ、そうそう。冬休みに入る少し前、魔帝国から神聖国へ情報を流していた者が発見されたんだ。発見されたというか、俺が神聖国に「お宅に情報流してたの誰?」と言ったらアッサリ教えてくれたんだよね。

情報を流していたのは、いつぞやのレオンの戦闘を邪魔したクリス君だった。

うん。いや馬鹿な奴だと思ってたけど、そこまで馬鹿だったとは……

クリス君の両親は魔帝国でも有力貴族で、俺も有益な取引をしている相手だったので、今回だけは見逃してあげる事にした。

まあ、見逃すといっても、これからは奴隷以上に働いてもらうつもりだけどね。

◇　◇　◇

「それじゃ、一週間したら戻ってくるね」

「アキトの心配はせんでも良い。儂がついておるんじゃからな」

俺と爺ちゃんは、父さんにそう言って転移魔法でチルド村に移動した。そしてそのまま、メンバーが集まる建物に向かう。

「あっ、アキト様、リオン様。おはようございます!」

「「おはようございますッ！」」

既に揃っていたメンバー達に挨拶をされながら、建物の中に入る。ふと、爺ちゃんを見ると何か考え事をしている感じだった。

「どうしたの爺ちゃん？」

「んっ？　いや、アキトの所の者達はちゃんと統率が取れているんじゃなと思ってのう。何だかんだ言っても、アキトは五歳の子供じゃろ？　言う事を聞かない者とかいるんじゃないかと心配していたんじゃ」

「あ～、そういう事ね。まあ、最初から俺の力を見せていたから、普通の五歳児って思われてないんだよ。奴隷じゃない人達もいるけど、一緒に働いている奴隷から俺の事を聞いてるみたい。チルド村の人達は俺の事を、村長以上に偉い人って思ってるようだよ」

「そうなんじゃな。それを五歳児がやっているのは凄い事じゃな……流石、儂の孫じゃな」

爺ちゃんは嬉しそうに俺の頭を、ワシャワシャと撫でた。

その後、メンバー全員で集まって会議を行った。

どのダンジョンに行くか、割り振りを決めるのだ。

主要メンバーのクロネ、レオン、ジル、ローラの四人は俺と一緒に同じ狩場へ。エルフシスターズとドワーフズは班に分かれてもらい、それぞれ指名した者にリーダーを務めるように指示をした。

レオンが尋ねてくる。

「……アキト、俺の知らないダンジョン名が出てきたんだが、何処にあるんだ？」

「ジルニア国内にあるんだよ。全くの未開の地だから、中には魔物がウジャウジャいるよ。楽しみだな」

「……」

レオンは顔を青ざめさせ、聞き耳を立てていたクロネはフラついていた。その一方で爺ちゃんとジルは、やる気十分といった感じでメラメラと闘志を燃やしている。

クロネによって大分常識を身に付けてきたローラだが――

「……アキト、お腹空いた」

「……そうだな、朝飯にするか」

この呑気な性格はどうする事もできないようだな。まあこれも個性と思えば良いか。

ダンジョンに行くのは、飯を食べた後だ。俺はみんなに、シッカリと飯を食べるように伝えるのだった。


食後、ワイバーンに乗って目的のダンジョンに向かう。

「……おい、アキト。本当にダンジョンがあるんだよな？」

「あるよ。ちゃんと調べたからね。何、疑ってるの？」

レオンに続いて、爺ちゃんとクロネも不安を露わにする。

「……アキト、疑っておる訳じゃないんじゃが、本当にこんな所にあるのかのう？」

「ご主人様、流石にここにあるとは思えないんだけど……」

ワイバーンで移動してやって来た場所——それは、チルド村から少し離れた所にある、何の変哲もない山岳地帯だった。

「爺ちゃんまで疑ってるの？　それじゃもう、みんな黙ってついてきて！」

俺はそう言うと、その山岳地帯に入っていった。そして、山の中腹辺りにあった洞窟の一つへ入っていく。

「ほら、本当にあっただろ？」

その穴の中には、ダンジョンの印《しるし》とされる門があった。

この世界では、ダンジョンは神が作っている。

ダンジョンには、高濃度の魔力を有した魔物がおり、その魔物を倒せば外の魔物より大きな魔石が手に入る。

逆に言えば、大きな魔石が手に入る代わりに、他の素材は得られないんだけど。

だが、ボス級の魔物は違っていて、魔石の他にその魔物特有といえる素材を落とすらしい。

何故、そんな複雑な作りをしているのか？

そう疑問に思った俺は、ある時アルティメシス様に尋ねてみた。

「神が作っているってのは本当だよ。ダンジョン専門の神がいて、その子が管理してるんだ。それで、何でそんな作りをしているのかというと――そういう物がないと、誰もダンジョンを攻略してくれないでしょ？」

つまり、ボスが落とす素材は景品みたいな物らしい。

「そもそも、ダンジョンって何で存在しているんですか？」

「ああ。それは、魔力を停滞させないためだよ。この世界には魔力が漂っていて、魔法を使った時、魔物を倒した時とかに魔力が集まってしまうんだ」

放っておくと勝手に空気中の魔力が濃くなってしまうから、ダンジョンで消化するという仕組みになっているとの事。

なお、ダンジョンから外には魔力が出る事はないようだ。というのも、ダンジョンコアでダンジョン内の魔力を吸収するという仕組みになっているらしい。

ちなみに、そのコアが破壊されれば溜まっていた魔力もなくなるらしいが――

「あの、それって最初からコアだけあれば、魔力が溜まるのを防げるんじゃないんですか？」

「まあそうだけど、折角なら楽しめそうな施設を作った方が良いって、あの子が言ってね。元々は遊戯神だったあの子は、ダンジョンを作って自分なりに楽しんでいるんだ」

そんなダンジョンにまつわる秘密を、主神から明かされたのだった。

まあ、神様にとってはダンジョンは遊戯施設という認識に過ぎないと知った時は驚いたけど、それでも、俺達にとって色々と利益がある事には変わりない。

ありがたく使わせてもらう事にしよう。

第7話　レベル上げ

ダンジョンの入り口を発見した俺達は、門を開けて中に入った。

爺ちゃんが口にする。

「洞窟型のダンジョンのようじゃな……となれば、出てくる魔物はゴブリンやオーク、あとスパイダー系の魔物かのう?」

「そうだね。長年使われていないダンジョンで、魔物も溜まっていそうだから、油断したら怪我するよ。みんな、油断だけはしないようにね」

俺達は、ダンジョンを進んでいった。

陣形を崩さないように、前衛と後衛に分かれておく。というのも、今回の目的はダンジョン攻略ではない。レベル上げなので、魔物を効率よく倒すのが大事なのだ。

更にスキルのレベリングも目的としているので、伸ばしたいスキルは積極的に使うように指示を出しておいた。

「ふむ、強い魔物が沢山いるのう。楽しいぞ～」

昔の血が騒いでいるというより、現在進行形で戦いに飢えている爺ちゃんは、楽しそうに魔法を放ち、魔物を殲滅《せんめつ》していた。

爺ちゃんに負けじと、レオンも魔法で魔物を倒している。

そんな彼を見て、何故か爺ちゃんは興味を示した。

「……お主、その魔法の扱い方じゃが……誰から習ったんじゃ？」

「えっ？　ああ、父に習ったやり方です」

それからレオンは自らの出生について簡単に語った。

「父は、俺が十五歳の誕生日に、成人の祝いとして竜の肉を持って帰ってくると言って、それっきり帰ってきていないんですよ。まあ、俺は元から捨て子でしたから、十五歳まで育ててくれた事は感謝してます」

悲しそうな表情をするレオン。

以前、俺もレオンに家族について聞いた事があったが、その時もあいつは「捨て子で、十五歳の時から義父とは会っていない」と言っていたな。

ってか、レオン。爺ちゃんには敬語で話すのに、何で主の俺にはため口なんだ？

爺ちゃんは顎に手をやり、レオンをマジマジと見つめる。

「ふむ……もしかして、お主の父じゃが、ルドガーという名じゃないか？」

「ッ！　な、何故、その名を知ってるんですか!?」

「やっぱりそうじゃったか！」

爺ちゃんはそう言って、異空間から箱を取り出した。その箱を見たレオンはすぐに何かを感じ取ったらしい。

「親父の魔力……」

そう呟いて、今にも泣き出しそうな顔になった。

「ルドガーじゃが、生きておるよ。ただちょっと色々とあってのう。今は、竜人の国に滞在しておるんじゃ」

「はっ？　竜人の国って……ついこの間行きましたが、親父の魔力は一切感じなかったような？」

「それは、ルドガーが修業のために、自らの魔力を封印しているからなんじゃ。ともかくこの箱はルドガーから預かっていて、子に会ったら渡すように言われていたんじゃ」

爺ちゃんの言葉に、ポカーンと口を開けるレオン。

それから暫く経って、落ち着きを取り戻したレオンは箱を開けた。そして、中に入っていた手紙を手に取る。

手紙を読んで涙を流したレオンに、俺は尋ねる。

「何て書いてあったんだ？」

「あぁ……自分の力が足りず、竜の肉を持って帰れずにいたらしい。それで、不甲斐ない父の姿を見せたくないと、今も頑張っているって……だから安心して、帰りを待っていてくれってな……」

レオンは泣きながらも、嬉しそうな表情をしていた。


レオンは義父が生きていると知ってから、レベル上げへの集中力が上がった。

「レオン」

「何だアキト？」

そんな頑張り始めたレオンに、更にやる気が出る〝起爆剤〟を与えようと考えた。まあ、父親が生きていた記念でも何でもいいんだけど。

「このレベル上げが終わったら、俺はまた旅行に行くんだよ。だからその時に、お前にも休暇をやろうと思ってるんだ。この休暇を利用して、父親に会いに行って良いぞ」

「ッ！　良いのか？」

「ああ、折角見つかったんだ。向こうが帰れないと意地を張ってるとしても、こっちから会いに行くのは悪い事じゃないだろ？」

「……ありがとうアキト」

レオンはこれまで俺に見せてきた顔の中で、一番良い笑顔を見せた。笑顔のままに魔物を倒しに向かったレオンと入れ違いで、クロネが近づいてくる。

「ねぇねぇ、私も家族に会いに行くから、休暇くれない？」

「……お前。両親は、幼い時に自分の手で殺したって言ってただろ」

「あっ、覚えてたんだ」

俺の言葉をアッサリと認めたクロネは、レオンの方を羨ましそうに見た。

「良いわよね。義理とはいえ、良い父親に育てられて……」

「クロネは小さい時から暗殺術を習っていたんだよな」

「ええ、生きるためにね。まあ、私って暗殺の才能があったから、すぐに両親の技量を超えてしまったのよね。それで、私への愛なんて最初からなかった親が、私を道具のように使うようになったから、殺したんだけどね」

冷めた感じでクロネは言った。

いつも飄々《ひょうひょう》としている彼女だが、自分の手で親を殺し、暗殺ギルドで生活してきたという過去を持っているのだ。

「なあクロネ。今は幸せか？」

「何よ突然？　幸せかって？　無茶苦茶な依頼をしてくる鬼畜ご主人様の奴隷の私が、幸せに見えるっていうの？」

クロネは呆れたように言うと、「ふぅ～」と息を吐いた。

「実際、暗殺者してた時に比べたら、ご主人様の奴隷になってからのが幸せよ。人を殺《あや》める事を考えなくて良い生活に加えて、楽しい会話ができる仲間もいるからね。あの頃は、誰が味方で誰が敵なのか分からない毎日だったし」

「……」

「こんな私だけど、ここには友達と言ってくれる子もいるし、今の生活は私には勿体《もったい》ないくらい幸せな毎日よ」

顔を赤く染めながらクロネは言った。

そして、タタタッと走り去っていく。

クロネを最初見た時、死んだ魚のような目をしていた。だが最近、クロネの目は生き生きとしていて、毎日楽しそうにしている。

「まあ、彼らを幸せにするのも主の役目だしな、レオンに関しては良いが、クロネにも少し優しく接してやるか」

俺の実年齢は五歳だが、中身は二十歳は超えていて、クロネより年上だ。少しは主らしいところも見せてやらないとな。

そんな事を思いながら、俺もレベル上げを頑張った。

◇　◇　◇

「アキト、今、レベルはいくつじゃ？」

レベル上げ三日目。自分達がある程度戦えると分かった俺達は、より小規模な人数に分かれてレベル上げを行う事にした。

俺は、爺ちゃんとローラと組んでレベル上げをしている。

「ん～、60後半だよ」

「……五歳でそのレベルとは、アキトの力は計り知れんのう」

爺ちゃんは何故か嬉しそうに言った。

そんな爺ちゃんだが、今日出かける前にレベルを聞いた時、その数字があまりにも馬鹿げていて——化け物なの？　ってその場で言ってしまったくらいだった。

「爺ちゃんは、レベル200とかじゃん……」

「そりゃ、儂は色んな戦場を駆け回り、強者と戦いの日々を送ったからじゃ。アキトの場合はちょっと魔物を倒しただけでそれじゃろ？　その成長速度が羨ましいのう」

「……爺ちゃんも主神様の加護持ってるんだから、変わんないよ。俺の場合はレベルが低いから。それで、恩恵が大きく見えるってだけでしょ」

……まあ実際は、成長速度が上がる能力を持ってるんだけどね。それはまだ爺ちゃんには内緒だ。

その後、三人でダンジョン内を駆け回り、時にレオン達と鉢合わせしたりして、レベル上げを続けるのだった。


そんな日々が続き、最終日。

全員、数十レベルも上がっていた。

一番上がる見込みがないと思われていた爺ちゃんでさえ、12も上がっていた。俺を含めてみんなは「ありえねぇ」との言葉を爺ちゃんに送った。

うん、いや本当にこの爺ちゃんは化け物だと再認識したよ。だって、人の獲物まで奪い取りに来てたからな……

「とりあえず、一週間のレベル上げ合宿は終わりだ。各自、疲れも溜まっていると思うから、今日はゆっくり休むように！　それと、今回の合宿に参加した者達は、明日から三日間休暇とする！」

俺は、拠点に集まった合宿参加メンバーにそう伝えた。

それから俺は家に帰り、早めの風呂に入った。

その後、自室に戻ってきた俺は、泥のように眠ってしまうのだった。

◇　◇　◇

あれから何時間か経った。

外は陽が落ち始めている。確か、家に帰ってきたのが昼前だったから、六時間くらい寝てたのか？

「一日無駄にしたな。まあ、でもそれだけ体が疲れていたんだろうな……言うて五歳児の体だし仕方ないか」

一週間ダンジョンでレベル上げに精を出し、動き回っていたのだ。終わった事に安心して、体が長時間の休息を欲したのだろう。

そんなレベル上げで疲れた体を労《いたわ》りつつ、横になったままステータスを確認する。

名　前：アキト・フォン・ジルニア
年　齢：5
種　族：クォーターエルフ
身　分：王族
性　別：男

属　性：全
レベル：98
筋　力：5894
魔　力：10271
敏　捷：5217
　運　：78
スキル：【鑑定：MAX】【剣術：MAX】【身体能力強化：MAX】
【気配察知：MAX】【全属性魔法：MAX】【魔法強化：MAX】
【無詠唱：MAX】【念力：MAX】【魔力探知：MAX】
【瞑想：MAX】【威圧：MAX】【指揮：MAX】
【付与術：MAX】【偽装：MAX】【信仰心：MAX】
【錬金術：MAX】【調理：MAX】【手芸：MAX】
【使役術：MAX】【技能譲渡：MAX】【念話：MAX】
固有能力：【超成長】【魔導の才】【武道の才】
【全言語】【図書館EX】【技能取得率上昇】
称　号：努力者　勉強家　従魔使い
魔導士　戦士　信仰者　料理人

「ちっ。あとちょっとで、レベル100だったんだけどな……」

最終日前日、レベル85まで上がっていた俺は、この期間の内に100はいくだろうと思っていた。だが、そうはならなかった。

最終日、爺ちゃんが魔物を狩りまくって、俺に経験値があまり入らなかったのだ。

そのせいで俺は三桁の目標に到達できず、逆に爺ちゃんは200の壁を超えている癖に更にレベルを上げてきた。

「化け物が近くにいるのも迷惑だな……」

そんな事を思いながらステータスを眺めていると、ふと称号の欄に目がいった。

この称号、アルティメシス様に聞いたが、ハッキリと分かっていない。

スキルのレベルがMAXになった時、一定確率で現れたり、何かの行動の成果にもらえたりするとは聞いたが――

「前まで三つだったのが、一気に四つ増えているな……魔導士は【全属性魔法】、戦士は【剣術】か【身体能力強化】、信仰者は【信仰心】、料理人は【調理】のスキルレベルがMAXになったからもらえた感じかな？　他にも沢山MAXになってるけど、それはもらえてないし、本当に一定確率なんだろうな……」

そんな称号には、ちょっとした特殊効果がある。

それは、その称号を取得したスキルや行動に、数値が上乗せされるというものだ。例えば、攻撃魔法を使ったとしたら、素の能力に称号の力が付与される。

「しかし、これで魔法の威力も上がったとなれば、今後の生活でも役立つ。称号が四つも手に入ったのは良い事だな……」

そんな風に締めくくり、自分のステータスを閉じた。

それから、ベッドに横になってゴロゴロしていると、メイドに夕食の時間だと呼ばれた。


食事の席で、エリク兄さん達からダンジョンの話をしてと言われた。なので、自分の事は置いておいて、奴隷達や爺ちゃんの話をした。それだけでエリク兄さん達は喜んでくれたのだが、父さんは俺の話が聞きたかったのか、食後部屋に呼び出された。

「アキト、レベルはいくつになったの？」

「教えないとダメ？」

「教えてもらえなかったら父さんは悲しいかな？」

父さんはそう言うと、目元に【水魔法】で水を垂らして泣き真似をした。

ほんと、こういった芸当は王族の中でも父さんが一番だな……

「泣き真似しなくても教えるよ。でも、絶対に爺ちゃん以外には言っちゃダメだからね？　神様に加護をもらってる事も、母さん達に内緒にしてるんだから」

「ああ、分かってるさ。それでどのくらい強くなったんだい？」

俺の言葉に軽い返事をした父さん。

そんな父さんに、俺は能力値の欄だけを見せた。

「……98ってヤバいでしょ……それに魔力が10000超えって……」

父さんは絶句していた。そして、そのままソファーに倒れるように座り込む。

父さんが頭を抱えつつ口を開く。

「化け物の子は化け物じゃなくて、化け物の孫が化け物に……」

「ちょっと、五歳児の息子を化け物呼ばわりしないでよ」

「でもさ、アキトだって自分がどれだけヤバい存在か、分かっているよね？」

その言葉に俺は「うっ」と言葉を詰まらせた。確かに能力値10000超えは、化け物クラスとされている。

五歳児の俺が、その仲間入りをしたらなら何を言われても仕方がない。

「でもさ、これは加護の力もあるんだから仕方なくない？」

「そうだよね。アルティメシス様の加護の強さは文献でも見た事があるけど、あの能力は強すぎるよ……」

父さんは混乱しているようだった。

俺は父さんに爺ちゃんの事を話す。

「ってか、五歳児で化け物入りした俺よりも、爺ちゃんのが更に化け物になってるからね」

「……そういえば、リオンお父さんもダンジョンに行ってたね。更に化け物って、どうなったの？」

「うん、とりあえずレベルは２００超えたよ。いやそれはその前からか……」

「……父と息子が化け物の上を行ってて、もう何が何だか分からないよ……」

父さんはそう言って、ガチの涙を浮かべた。

いや、うん。マジでごめん……

俺は泣いている父さんに謝罪すると、一人にさせてあげようと思って部屋を出ていった。

第8話　家族旅行

翌日、旅行の日なので朝早くに起きてしまった。

いや、まあ寝過ごすよりかは良いけども。転生前は二十歳を超えていたのに、段々と本当の子供のような感覚になってきたな。

完全に目が覚めてしまった俺はベッドから出た。そして、寝間着から服に着替え、ソファーに座る。

旅行先は一度行った事のある街なので、俺の転移魔法で行く事になっている。何で爺ちゃんの転移魔法で行かないのか。

そういえば、父さんとこんな会話をした。

「リオンお父さんは、今回は別で行くって言ってたんだよ。一応、向こうで合流するって言ってたけど」

「何でそんな、面倒くさい事を……」

その時はおかしいなくらいにしか思っていなかったが、ピンッと来た。

もしかして爺ちゃん、今回も俺達にバレないように、婆ちゃんとデートするつもりなんじゃ？

エリク兄さんの情報によると、最近婆ちゃんの機嫌がもの凄く良いと言っていたし。

うん、間違いない。

爺ちゃんはデートするつもりだろう。

「ふぅあ～、それにしても早く起きすぎたな……まだ外も暗いじゃないか……」

服を着替えたは良いものの、まだ陽すら昇っていない時間帯だ。

こんな朝早くに起きても何もする事ないぞ？　クロネ達には休暇をやってしまっているから、相手してもらえないし。

「ステータスは昨日確認したし、やる事ないな……」

「それでしたら、私とお話ししませんか？」

天井を見上げて悩んでいると、聞き覚えのある声がした。

ゆっくりと首を動かして後ろを見る。そこには、ニコニコしているアルティメシス様がいた。

「神様って、そんな頻繁に現れて良いんですか？」

「普通の神は色々と手続きだったりが必要ですけど……私はほら、主神ですので問題ないんですよ」

凄く良い笑顔で言い切ったアルティメシス様。

暇だったし、話し相手になってもらおう。

「そういえば、アキト君。大分強くなりましたね。私の加護の具合はどうですか？」

「えぇ、最高の一言ですね。レベルも上がりやすいし、能力値も大幅に上がりました。加護を付けていただき、本当に感謝しています」

「それは良かったです」

アルティメシス様は嬉しそうにする。

そんなアルティメシス様に、俺は一つ文句を言う。

「でも、一つだけ言いたい事があります……何で、爺ちゃんにも加護を付けたんですか？　あの人、既に化け物なのに、更に化け物になってますよ？」

「アハハ……それについては、普段話さない神からも言われたよ。一人の人間が持って良い力を超えてるって。でもさ、私もまさかここまで上げるとは思わなかったんだよ？」

「爺ちゃんを甘く見てましたね。あの人は自分が強くなれると知れば、何が何でもそれを目指しますよ」

呆れた口調で言うと、アルティメシス様は落ち込んでしまった。

その後、出発の時間までアルティメシス様に相手してもらったのだった。

爺ちゃんと婆ちゃん以外の家族が揃う。それを確認した俺は、全員手を繋いでもらってから、転移魔法で転移した。

◇◇◇

そしてやって来ましたスルートの街、冬バージョン。この季節限定で咲く花を目的に、沢山の人が観光に来ているらしい。

俺達は前回とは違い、即泊まる所へチェックインした。

アミリス姉さんが声をかけてくる。

「アキトちゃん、早速だけど、冬のスルートの街にお出かけに行こう」

「いいよ〜。エリク兄さんはどうする？」

「僕も行くよ」

三人で冬の街へと出かけた。

「うっひゃ～、王都より寒いなぁ……」

「寒い～……」

外に出てから、エリク兄さんとアミリス姉さんはガタガタ震えていた。スルートの街の気温は、王都よりも低いみたいだ。

えっ、俺はって？

いやまあ、母さんから無理やり着込まされていたから全く寒くない。

「とりあえず、子供服を売ってるお店に行こうか。このままだと、兄さん達が凍え死んじゃうしね」

エリク兄さんとアミリス姉さんはコクコクと頷いた。

早足で通行人の邪魔にならないように移動し、服屋で上着を購入する。

「ふ～。これで何とか寒さは凌《しの》げるよ」

エリク兄さんはそう言うと、俺に抱き着いてきた。子供特有の体温の高さと服の着込みによって、俺はちょっと温かいみたい。

エリク兄さんはアミリス姉さんにも抱き着くように言い、二人して抱き着いてくる。

「「アキト、あったかぁ～い」」

……うん。

別に抱き着かれる事は嫌じゃないけどさ。こんな道の途中で抱き着いてこないでくれるかな？

周りの人達が、めっちゃ微笑ましそうに見つめてくるんだが⁉

そんな兄達の行動に、心の中でツッコむ俺。

俺は二人を無理に剥がす事はせず、そのままの状態でとりあえず人がいない所へと移動した。


エリク兄さん達のカイロ化した俺は、以前訪れた花園へとやって来た。夏の花が咲き誇っていた花園は、降り積もる雪で銀世界となっている。

ここまで真っ白だと美しいって感じるな。

そう感心していると、花園の奥の方で、子供達が雪合戦や雪だるま作りなどをして遊んでいるのが見えた。

夏の間は花園として開放されているけど、冬は冬で子供達の遊び場として活用されているんだな。

俺は二人に尋ねる。

「どうするエリク兄さん、アミリス姉さん。遊んで寒さを忘れる？」

「ん〜、そうだね。折角来たんだし遊ぼうか」

「私も良いよ〜」

こうして、ジルニア国王族による雪合戦が開催された。

当然の事と言わんばかりに、アミリス姉さんは俺と手を組み、エリク兄さんを敵側とした。長男であるエリク兄さんは、その役割を渋々承諾してくれた。

早速、みんなで雪の球作りをする。

流石に遊びだから、本気は出さないよ？

……そう思ってたけど、アミリス姉さん、なかなかにやる気が高まっているな。まあ、魔法は使わない程度に頑張るかな。

そんなこんなで、大いに雪遊びを楽しんだ俺達。

宿泊する建物へ戻った後は、みんなで温泉に入りに行く事になった。


王族専用の風呂もあるのだが、ただ汗を流す程度なのに準備させるのは流石になと思い、一般用の風呂場にやって来た。

俺とエリク兄さんは互いに背中を流し合ってから湯船に浸かる。

「ん〜、やっぱり温泉は気持ち良いね……」

「うん、普通の風呂も好きだけど、俺はこういう大きな温泉の方が好き……」

「僕もかな〜……」

そんな風に兄弟で湯船に浸かっていると、父さんがやって来た。王族というか国王が一般人用のお風呂に来ちゃダメだろ!?

「父さん、何でここに来てるの？」

「えっ？　いや、息子達が楽しそうに入ってるって知ったら、父として仲間に入れてほしいって思うじゃない？」

父さんの返答に俺が呆れていると、エリク兄さんが言う。

「……父さん、流石にアキトと同じ意見だよ。父さんはこの国の王様なんだよ？　何かあったらどうするの？」

そうだそうだ。何を考えているんだ父さんは。

エリク兄さんの言葉に賛同していると、父さんは何を思ったのか俺を指差した。

「その時は、アキトに守ってもらったらいいんじゃない？　アキトが強くなってるのは、エリクも気付いているでしょ？」

「それは……」

エリク兄さんは言葉を詰まらせ、俺の方を見た。

兄さん、そんな悲しい目をするの、やめていただけませんか？　そこにいる父親が悪いのは、ちゃんと分かってますから。

父さんがポンッと手を叩いて、何か思い出したかのように言う。

「あっ、そういえばアキトに聞きたい事があったんだよ」

「聞きたい事？」

父さんが視線で示しながら尋ねる。

「あそこで温泉に浸かってるスライムって、アキトの従魔じゃない？」

「へっ？」

そこには、確かに見覚えのあるスライムがいた。

湯船に浮いていたのは——

「ライム！」

「ぴ？」

ライムは「何？」といった感じに目線をこちらに向けた。俺はそんなライムのもとに行き、抱きかかえた。

「何で、お前がここにいるんだよ……」

「あれ、アキト、気が付いてなかったの？　朝起きてきた時から、アキトの頭の上にその子いたよ？」

「雪合戦してる時も普通にいたから、アキトが連れてきたのかと思ってたけど、違ったの？」

父さんと兄さんの言葉に、俺は今日一日を振り返ってみた。

すると、ところどころにライムらしき影があったように思う。この街へと転移する時も、頭が若干重たい気がしていたんだよな。

「勝手についてきたな……ったく、クロネ達も休暇にしたし送るのも面倒だな……ライム、良いか？　絶対に他人に迷惑をかけるなよ？　かけた時点でお仕置きだからな？」

「ぴっ！」

俺の言葉に、ライムは「はい！」といった感じに返事をした。

それから、流石にスライムと一緒に温泉に入っていたら一般のお客さんが困るだろうから、父さん達を残して、俺は先に上がった。


ライムを連れて部屋に戻ってきた。

ソファーに座った俺はテーブルにライムを置くと、ジーッと見つめる。一緒にいても良いとは言ったが、どうしようかな。

「……ライム、お前ちゃんと大人しくできるよな？」

「ぴっ！」

返事は良いけど、俺は未だに悩んでいた。

そこへ、外に出ていた母さんが戻ってきた。俺がライムと話をしている姿を見て、母さんが尋ねてくる。

「あら、ライムちゃんとお喋りしてたの？」

「お喋りというか、お説教だね。勝手についてきたんだ」

「えっ、そうだったの？　ライムちゃん、普通にアキトの頭の上に乗っていたから、てっきりアキトが連れてきたのかと思っていたわ」

「……全く気付いてなかったんだよ。さっき、風呂場で気付いたんだ」

ライムはできる限り俺と一緒に行動させるか。

明日も街を探索しようと思ってたけど、やっぱり大人しく部屋でのんびりしよう。


日が暮れた頃、爺ちゃんと婆ちゃんが宿にやって来た。

婆ちゃんは、母さんとアミリス姉さんと一緒に風呂に入りに行き、父さんとエリク兄さんは売店に買い物に行った。

爺ちゃんと二人っきりだ。

俺は、爺ちゃんにニヤニヤして近づく。

「どうだった？　婆ちゃんとの秘密のデートは？」

「ブウッ！」

俺の言葉に爺ちゃんは、飲み物を噴き出した。

睨みつけてくる爺ちゃんに俺は言う。

「だって、後から合流するって、俺達にバレないようにデートするためでしょ？　ここ最近、婆ちゃんの機嫌も良かったし」

「……勘のいい孫じゃな」

「爺ちゃんの孫だからね。まあ、爺ちゃん達が仲良くしてるのは嬉しいから別に良いけどさ。今更、俺より年下のおじさんとかおばさんは作らないでね？」

「そんな心配せんで良い！」

俺の冗談に、爺ちゃんは顔を真っ赤にして、俺に拳骨《げんこつ》を落とそうとした。しかし、いつもの爺ちゃんよりキレが悪かったので、俺はサッと動いて拳を避ける。

「ふっ、そんな浮かれ切った老人の拳なんて当たる訳ないよ。それで何処に行ってきたの？　花園にはいなかったよね？」

「何処でも良いじゃろ」

「……海かな？」

花園以外で、俺達に見つかりにくいデートスポット。そう考えた時、海がよぎったんだけど、どうやら合っていたみたいだ。

「本当に勘のいい孫じゃな。そうじゃよ。海でリアナと散歩しておったんじゃよ。これで良いか！」

爺ちゃんは、投げやりにそう言い切った。

爺ちゃん、親に彼女がいる事がバレて照れ隠しに怒っている中学生男子のような感じだな。俺はますますニヤけてしまう。


その後、家族全員で夕食を食べた。

食後に、爺ちゃんから呼び出しをくらって浜辺に来た。

魔法の訓練をしてくれるとの事だったんだけど――

先程茶化した事が大分効いていたようで、爺ちゃん、訓練と称して圧倒的な力の差を見せつけてきた。

「……ったく、孫に弄《いじ》られたからって、本気で魔法ぶつけてくるなんて！」

「アキトだけじゃぞ、儂を弄れるのは」

そんな訓練後、俺と爺ちゃんは王族専用の風呂にやって来た。互いに背中を流し、先程までの言い合いをなかった事にする。

「ふぅ～……それにしても、アキトの魔法も大分強くなったのう」

「レベルが上がって魔力も結構上がったからね。既に10000は超えてるし」

「そうじゃったな。五歳児でその域に達しているアキトは、正真正銘の化け物じゃな」

「その化け物より更に10000上の爺ちゃんに言われたくはないよ。魔力が高いエルフ族とはいえ、20000はおかしいでしょ」

それから爺ちゃんと〝どちらがより化け物か〟で言い合いになった。

激しい言い合いになってしまい、外にまで魔力が出ていたみたいだ。慌ててやって来た父さんに、俺と爺ちゃんは激しく怒られた。

「俺は悪くない、この化け物が悪い」

「儂だって悪くない、アキトの方が化け物じゃ」

そんな俺と爺ちゃんの言葉に父さんは、「二人とも化け物だよ！」と言うのだった。

第9話　レオンとクロネ

旅行二日目。

疲労回復のために、一日中ライムと風呂を楽しんだりして過ごしていると、エリク兄さんがやって来た。

「外に遊びに行かないの？」

「ライムもいるし、人がいる所は避けようかなって。ライムを連れて歩くのは少し怖いし」

俺はそう答えて外に出なかった。

風呂から上がった後は、部屋でエリク兄さんとアミリス姉さんとトランプをして遊んだ。

「アキト、本当に今日一日外に出なかったね……」

「ごめんね、兄さん達を付き合わせちゃって」

エリク兄さんに向かってそう言うと、アミリス姉さんが笑みを浮かべて話す。

「いいよ～。アキトがしたい事は私達もしたい事だし。ねっ、エリク兄さん？」

「うん、僕達はアキトと遊べれば何でもいいからね」

エリク兄さんは笑顔でそう言った。

いや、本当に弟思いの良い兄と姉だな。

その日一日は宿に籠もっていたけど、翌日の旅行最終日は、家族でスルートの街の観光名所を巡ったのだった。

◇　◇　◇

「……ご主人様の所にいたんですね」

「ああ、勝手についてきてたみたいだ。クロネもレオンもいなかったから、送り返すのも面倒だと思ってな。三日間一緒に過ごしてたんだよ」

旅行から帰宅した翌日、朝早くに拠点へライムを連れて向かった。

そしてエマに出くわした。彼女は、ライムが従魔小屋から消え、俺に叱られると思って必死に捜していたらしい。

「もう、ライムちゃん！　ご主人様の所に行くなら、私達に一言言ってから行ってください。心配したんですよ」

「ぴ～……」

エマに叱られたライムは、俺に説教された時よりも凹《へこ》んでいた。

まあ、エマは従魔達の母みたいな存在だからな。母親に叱られた子供のようにライムは落ち込んでいる。

そんなライムをエマは優しく抱きかかえ、「次は、黙って出ていっちゃダメですからね」と言って優しく撫でた。

「ぴ～！」

「ふっ、ライムは相当エマに懐いているようだな」

「そうですね。他の従魔達と変わらない接し方をしていたつもりなのですが、ライムちゃんは放っておくと、何処に行くか分からないんですよ。だから、自然と距離が近くなっていたのかもしれませんね」

エマは少し嬉しそうな表情をした。そしてライムを見つけられた安心感から気が抜けたのか、フラッと倒れそうになる。

すんでのところで俺が魔法で支えて、地面に座らせる。

「大丈夫か？　エマ、ちゃんと休んでいたのか？」

「休んではいました。ただ、ライムちゃんをずっと捜していたので……」

「成程な……とりあえず、今日は休め。他の奴隷達にさせるから、エマは休んでいろ」

「で、ですが」

エマは立ち上がろうとしたが、足に力が入らないようだ。

「その状態でどう仕事をするんだ？　良いから今日まで休んでいろ」

そう言って、エマの肩に手を置く俺。

それから、エマを部屋に連れていってベッドに休ませるのだった。

◇　◇　◇

「さてと、久しぶりに魔法の訓練でもしようかな……」

「アキト、ちょっと良いか？」

家に帰ってきて朝食を食べた俺が外に出ようとしたところ、いつの間にか来ていたレオンに声をかけられた。

いつものレオンとは違い、思い詰めたような顔をしている。

「急に現れんなよ。驚いたな……どうしたんだ？」

「いや、ちょっとな。今回の休暇で少し話す事ができちまって……」

何だか歯切れが悪い言い方である。

何だ？　何かやらかしたのか？　まあ、奴隷のした事は主の責任だしな。

「アキト、一つだけ聞いても良いか」

「……良いぞ、俺に答えられる事なら」

「その、あのな……奴隷同士の結婚って、アキト的にありか？」

「へっ？」

身構えていると、レオンがそんな変な質問をしてきた。

結婚？　結婚ってアレか？　好きな者同士が一緒になるというアレか？

「決闘じゃなくて、結婚？　聞き間違いじゃないよな？」

「あぁ……結婚だ。アキト的には、奴隷同士の結婚はありかどうか聞きたいんだ」

レオンが真剣な表情で尋ねる。

「ふむ……まあ、別にいいんじゃないか？　俺は、俺の奴隷には幸せになってほしいって思ってるし」

とそこまで言って、俺は察した。

もしかしてレオンが結婚したい相手は、俺の奴隷の中にいるのか？

えっ、誰だ？

そう考えた時、ふと一人の顔が思い浮かんだ。

「レオン、まさかと思うが……お前、クロネと結婚したいのか？」

「ッ！」

俺の問いに、レオンはギョッとしたような顔になる。

……マジか～。

いやまあ、レオンとクロネは大分一緒の時間を過ごしてる仲だし、そうなってもおかしくない関係だとは思うけど……マジか～。

「本気なのか？　相手は、あのクロネだぞ？」

「ああ……何だかんだいって奴とは一番話すし、趣味も合う。今回、義父さんに会いに行った時に色々考えてな。あいつが以前から、愛のある家族というものに惹かれている事にも気付いて……俺が奴を幸せにしてやりたいって、思っちまったんだよ……」

恥ずかしそうに言うレオン。

そんなレオンに、俺は真剣な表情で話す。

「……レオンもクロネも、俺の大事な奴隷だ。幸せにしてやりたい気持ちは変わらん。だから、結婚にも勿論反対しない」

「良いのか!?」

「ああ……だが、レオン。一つだけ聞くが……」

そこで俺は一旦区切って、レオンに告げる。

「クロネの家族に対する思いに同情して、クロネと結婚したいってだけなら、その結婚には反対だ」

先程まで顔を赤くしていたレオンは、真剣な表情になる。

「……勿論、同情だけでクロネと結婚したいと思ってはいない。クロネの事を考えて、気付かされたんだ。クロネの良いところ、悪いところ全てを受け入れられる程……クロネの事を愛していると」

レオンは本気なんだな。

本気でクロネが好きで、本気で結婚したいと思っているようだ。

「よし、お前の気持ちは分かった。その結婚を俺は全力で応援する。何かあれば手助けもしてやる。俺はお前らの主だからな」

「……ありがとうアキト」

来た時は思い詰めた顔をしていたレオンだったが、今は晴れ晴れとした顔をしている。

「それで、クロネにはもう告白してるのか？」

「ああ、あいつに対しての思いに気付いたその日にな。クロネも、アキトの許しが出れば結婚したいと言ってくれたよ。クロネも少なからず、俺の存在に惹かれていたって言ってくれたんだ」

「それは良かったな。おめでとうレオン」

嬉しそうに報告するレオンに、何だか俺も嬉しくなり、笑顔で祝福の言葉を送った。

それから俺は一度クロネを呼び出して、三人で話し合いを行った。

その際、クロネの気持ちも確かめた。クロネはレオンが言っていたように、一緒になる事を望んでいた。

「しかしまあ、お前らが一緒になるとはね。お互いに俺から虐《いじ》められて、慰め合ってたからお似合いっちゃお似合いだな」

「アキト、さっきまで祝福してくれていたのに、何でお前はそんな言葉をかけられるんだよ……」

「仕方ないわよ。これが私達のご主人様なんだから。これで五歳児よ？　本当は百歳と言われても信じるわ」

残念だな。よくて二十代だよ。

そう内心ツッコみながら、結婚の具体的な日取りを決めていった。

奴隷同士の結婚なので、大掛かりにはしないと二人は思っているみたいだが、そこは俺の奴隷だし、一般人よりも豪華な結婚式をする事にした。

とりあえず場所はチルド村で、結婚式場を新たに建設しよう。

レオンが困惑して言う。

「わざわざ、俺達のために式場まで作るのか？」

「最初の利用者がレオン達だが、お前ら以外にも結婚する奴らは出てくるだろうから、作っておいて損はないだろ？　レオンは気付いてないと思うけど、奴隷達の中にも良い感じなカップルがいるぞ？」

驚いた顔をするレオンに、俺は更に告げる。

「やっぱり気付いていなかったんだな……というか、レオン。お前、クロネが初恋だろ？」

「な、何でそれを……」

「皇帝と雑談してる時に聞いたんだよ。仕事熱心で、人に興味がなく、ひたすら魔法を極めていたって。部下思いなところはあるけど、部下以外の他人とは殆ど会話をしない。だから、皇帝も色々心配してたみたいだぞ？」

「あら、私が初恋だったの？　あらあら、それは嬉しいわね」

レオンが初恋と知ると、横に座っていたクロネがニヤニヤと言った。って、お前は何でニヤニヤできるんだ？

「クロネ、ニヤついてるところ悪いが、お前もレオンと一緒だろ？　生まれた時から暗殺者として育てられて、恋だ、愛だなんて考える暇ないから、お前もレオン以外に恋した事もなかっただろ？」

「なッ！　何で私の事まで言うのよ!?」

「ほう、クロネも初めてだったのか、それは嬉しいなあ～」

「ちょっと、レオン！」

レオンはすぐさまクロネを弄り始めた。

初恋同士でお互いに好きな者同士、二人ならきっと幸せになるだろう。

末永く二人が暮らせるように、主として責任を持ってやろう。

話し合いを終えた後、拠点に主要メンバーを集め、俺はみんなにクロネとレオンが結婚する事を報告した。

「クロネとレオンが結婚？　何か変わるの？」

ローラが首を傾げて聞いてきた。

結婚がどういった事なのか、知らないのかな。ローラは常識を勉強している最中だが、まだここまでの事は教えられてないのか。

「まあアレだ。これまでより一緒にいる時間が長くなるって事だ。後は、そうだな……」

あれ？　結婚するんなら、拠点で暮らすのはダメじゃね？

折角一緒になるというのに、今まで通り職場兼自宅の拠点で生活するというのは、結婚した意味がないじゃないか。

「よし、クロネ、レオン。お前ら、拠点から出て違う所で暮らしてもらうから、荷物まとめておけ」

「はっ？　急に何だ？」

「どういう事よ？」

俺の突然の宣告に、クロネとレオンは驚いた顔をした。

「いや、あれじゃん？　折角結婚して一緒になるのに、この拠点で暮らしたまんまってのは嫌だろ？　だから、新しく奴隷の中で一緒になった者達用の建物を準備するから、そっちにお前らは移れ」

「移れって、アキト……結婚もそうだが、何でそこまで奴隷に対して親身に対応してんだ？　普通、一人一室与えられている現状もおかしいんだぞ？」

「そこに関しては私も同意見です。ここまでの事を、奴隷の主がするのは珍しいと言いますか、ほぼないと思います」

レオンの言葉に、エマも同意見のようだ。

そんなにおかしな事なのかな？

「まあ、他がどんな風なのか知らないけど……俺は、奴隷だろうが、俺の仲間には幸せになってもらいたいんだよ。そのためなら、俺が用意できる物は用意するし、与えられる物は与える。厳しい環境にはせず、のびのびと暮らせて、幸せを感じられるような場所を作りたいんだよ。まあ、過ごしやすい環境を作ってるんだから、文句言わず俺の命令を聞けという思いもあるけどな」

俺は、集まっていたメンバーに言った。

みんな、呆気に取られた顔をしている。

「はぁ……こんな変なご主人様は、うちのご主人様だけね。だって、暗殺に失敗した相手を奴隷にするくらいだし……」

「そうだな。戦争した相手の騎士団団長を亡き者と報告させて、自分の奴隷にした奴だし……頭のネジが何本か飛んでいるんだろうな」

クロネとレオンが呆れたように言ってくる。

「……おい、俺今良い事言ったよな？　何で貶《けな》されてるんだよ」

その後、クロネ達と少し言い合いをしつつ、今後の予定を話し合うのだった。

第10話　奴隷達の結婚

レオンとクロネの結婚式は一週間後、年末ギリギリの忙しい時期に行う事が決まった。

それに合わせて諸々の準備をしないといけないので、みんなで手分けして準備を始める。

結婚式の建物は、基本的にチルド村にいる大工達に任せる。

備品の確保や式場に必要な飾りつけ等は、ドワーフズ、エルフシスターズに手分けしてやってもらう事になった。

そして残ったメンバーには、それぞれの手伝いをしてもらおう。

みんなが部屋から出ていった後、何も指示を出されていないレオンとクロネが俺のもとに近づいてきた。

「俺達は、何をしたらいいんだ？」

「んっ？　そうだな……衣装を作る時はお前らが必要だけど、それ以外は必要ないから、チルド村でゆっくりしてろ」

「良いの？　休暇明けなのよ？」

クロネが驚いたような反応をする。

いや、結構優しい対応をしているつもりだけど、こんな反応をされるのは、これまでの二人の待遇が悪かったからなのか？

「新郎新婦に準備させる訳にはいかないだろ？　式が終わったら、これまで通り馬車馬のように働かすから、それまでゆっくりと休んでいろ」

俺は冗談っぽくそう言って、転移魔法で家に帰宅した。


父さんにレオンとクロネが結婚する事を報告する。

「へぇ、あの子達が結婚するんだ。仲良いなあと偶に見てて思ってたけど、そこまで進展してたんだ」

「進展したのは、二人の休暇中にギュッと縮まった感じだね。お互いに意識はしてたから、時間の問題だったみたいだよ」

「そっか、いや〜人の恋が実るってのは良いよねー」

「うん、そうだね」

父さんと話し終えた俺は、自室でとある方に連絡を送った。

するとすぐに反応があり、俺は目を瞑る。


「お久しぶりですね。フィーリア様」

「久しぶりね、アキト君。上から見ていたわ。クロネちゃんとレオン君の事で来たんでしょ？」

「はい」

神界に来た俺はフィーリア様に出迎えられ、テーブルを挟んで椅子に座った。

今回来た理由――それは生命神であるフィーリア様に、レオン達の結婚を祝ってもらおうと思ったからだ。

「ちょっと無理なご相談かもしれませんが、レオンとクロネを祝福してあげてくれないでしょうか？」

「それは、私が下界に降りて、二人の結婚を祝うって事？」

「はい。奴らに言っちゃったんですよね。俺にできる事は全力でするって。なので、あいつらの結婚式は、最高の形で祝福してやりたくて。神様に祝ってもらったら奴らも喜ぶだろうし、周りの者達からも一目置かれると思いまして」

「成程ね……アキト君が、あの子達の事をよく考えているのはよく分かった。良いわよ、その提案、乗ってあげるわ」

ダメ元で聞いてみたのに、あっさり承諾してもらえた。驚いた俺は「良いんですか!?」と口にして、椅子から落ちてしまう。

「大丈夫？」

「は、はい。いや、でも本当に良いんですか？」

「ええ。だって、アキト君の事は主神様からも『頼まれたら、できるだけ聞いてあげて』って言われているからね。それがなくても、私はアキト君には一目置いているもの」

「そ、そうなんですか……あの、それじゃお願いします。日程は一週間後になります」


神界から戻ってきた俺は、すぐに他の事に手をつける。

「とりあえず、皇帝の所に行くか……」

俺は転移魔法で、魔帝国へ向かった。

皇帝は、レオンが結婚すると聞かされた瞬間、さっきの俺じゃないけど、ソファーから転げ落ちる程驚いていた。

「あ、あの他人に興味を殆ど示さない、魔法学馬鹿のレオンが結婚!?」

「そうだよ。相手は同じ奴隷のクロネだ。見た事あるだろ？　猫人族の獣人」

「あ、ああ……あの奴隷とレオンが……」

皇帝はそう言って、ソファーに座り直した。

「あの、アキト様。その結婚式には私も参加してもよろしいでしょうか？」

「別に良いけど、変装は勿論するんだぞ？　流石に奴隷の結婚式に、他国のトップが来るとかおかしいからな」

「はい。そちらは分かっております」

「そう。それじゃ、結婚式は一週間後だから、来たいなら予定空けておいてね」

「はい」


次はチルド村へと向かう。

式場予定地へ行くと、式場建設を伝えてまだそれ程経っていない筈なのに、既に人数を揃えて建設が始まっていた。

「アキト様、新しい区画についてちょっとお話があるのですが、今よろしいでしょうか？」

建設現場を眺めていると、奴隷の一人から声をかけられた。

この男の奴隷の名は、ロナウド。

見た目は狼人族で強面《こわもて》だが、中身は誠実で仕事熱心。元はとある商会の事務作業をしていて、不正の濡《ぬ》れ衣《ぎぬ》を着せられ、犯罪奴隷として売られたらしい。

売られてすぐに「使える！」と思った奴隷商のクレバーさんに買われ、そのまま俺のもとへとやって来た。事前に使えそうな奴隷がいたら回してくださいと、クレバーさんに頼んでおいて良かったな。ロナウドは本当に仕事ができる奴隷だし。

「ああ、大丈夫だ。だが、ここで話すのは邪魔になるかもしれんから、場所を移動するぞ」

「はい」

俺はロナウドの足に手を置いて転移魔法を発動させる。

やって来たのは、チルド村の拠点。俺はソファーに座ると、ロナウドから渡された区画についての資料に目を通した。

「……大分、狭いな」

「……やっぱりそう思われますね。一応、住居区の方にも結婚した奴隷の方が住めるスペースはありますけど、いっぱいになるのは時間の問題かもしれません」

「だよな……」

「はい。それに、今回のレオンさんとクロネさんの結婚で、これまで密《ひそ》かに付き合っていた奴隷同士が、アキト様に報告しようか悩んでいるようです……」

それについては俺も気付いていた。

まあ、隠す必要はないのだが、奴隷なので自由に恋愛をしたらダメだと思い込んでいるんだろう。

「とりあえずこの結婚式が終わったら、全奴隷に自由恋愛の許可を通達しないとな……いちいち俺に確認するのは結婚の報告くらいで良いし」

「それが良いでしょうね。っと、お話がずれましたね。それで、土地の件はどうしたら良いでしょうか？」

暫く考えたが、良い案が浮かばないな。

とりあえずこの件は保留にして、レオン達には住居区の方に住んでもらうように手配した。

ロナウドとの話し合い後、家に帰宅した俺は自室のソファーに座って悩んでいた。

「チルド村も大分栄えて、人数も多くなってきて土地が狭く感じられてきたもんな……まあ、実際狭い村なんだが……」

現在、王都より賑わいを見せているチルド村。

それにもかかわらず、名前の通り村レベルの広さしかなく、現段階でもギリギリで土地のやりくりをしている。

はぁ、どうしたもんかな。土地をこれ以上広くもできないだろうし……

そう悩んでいると、扉をノックする音が聞こえてくる。返事をすると、父さんが部屋に入ってきた。

「どうしたの、父さん？」

「うん、いやちょっとね。アキトに相談というか、報告したい事があってね」

父さんはそう言って、俺の横に座った。そして、手に持っていた書類を渡してくる。

俺は早速それに目を通して、驚いて二度見してしまった。

そこには、チルド村の前の持ち主である辺境伯のフィルリン家が、不正により取り潰しになったと書かれていたのだ。

「マジで？」

「うん。ほら、前からアキトに情報もらっていたでしょ？　父さんの方でも目をつけていたら、証拠となる物が沢山出てきてね。流石に国としても見過ごせないと思って、話し合いの結果、フィルリン家は取り潰す事になったんだ」

「……」

うん、いやまあ、俺もあの家の事は気になってたから、影に調べさせて情報は回していたよ？

でも、マジで取り潰しになるとは思わなかった。

フィルリン家は、ジルニア国が建国した時からある家で、王族ともそれなりの縁がある。そんな家を潰すという事は、相当な事をあの男はやったんだろうな。

「それで、アキトに相談なんだけど……フィルリン家が所持していた土地、アキトが治めてみる？」

「へっ？　治めるって、俺が領主になるの？」

「まあ、そうだね。アキトなら、できるんじゃないかなって」

今の俺にとっては、凄く良い提案だ。

土地が足らずに困っていたから、喉から手が出る程、領地が欲しかったんだ。

「でも良いの？　チルド村みたいなのが、辺境伯が所持していた土地全体に広がるかもしれないよ？　そうなったら本格的に、王都よりも俺の所の方が栄えるかもしれないし……」

「うん、もう良いかなって父さん思うんだよね。今更、アキトの手を止める事もできないだろうし、それならいっその事、何処までやれるか見てみたいなって」

ニコリと笑って言う父さんに、俺はパチパチと目を開けたり閉じたりした。

俺に負けて悔しくて泣いていた父さんが、もう良いって？　えっ、息子が良い部下持ってるからって泣きついてくる父さんが？

「父さん、熱でもあるの？　ヤバそうなら、神様に来てもらって治してもらうよ？」

「正常だよ？　父さんがアキトに負け宣言するのって、そんなにおかしい事かな？」

「いやだって、息子に負けたからって泣いてたじゃん。それもガチで」

「うっ……それは、あの時は王として父として、息子に負けた事が悔しかったよ？　でもさ、神聖国との戦争も、その前の魔帝国との戦争も、裏でアキトが動いていたって知って、この子はもっと上を目指させるべきかなって思ったんだよ」

そう言いながら、父さんは俺の頭に手を置いた。

ふと、父さんの顔を見ると、これまで見てきた父さんの顔の中で一番カッコいい表情をしていた。

「アキトが好きな事ができるように、父さんは協力する。だから、父さんにもっと栄えたジルニア国を見せてくれないかな？」

その言葉に、俺は躊躇《ためら》ってしまう。

だが、父さんの期待を無下《むげ》にできないとも思った。

だから、俺は父さんが差し出している手を取り、「できるだけの事はするよ」と言った。

こうして俺は五歳にして、ジルニア国でも土地の広さで言えばトップクラスの領主となったのだった。

◇　◇　◇

フィルリン家取り潰しの連絡をもらった翌日、そのニュースは国中に伝えられた。

そしてそれと同時に、新たな領主が発表される。


〝新たな領主は、ジルニア国第二王子アキト・フォン・ジルニア様。あのチルド村を作り上げた天才王子様！〟


新聞には、デカデカとそう書き記されていた。

レオンとクロネが呆れた様子で言う。

「俺達が結婚するって話題で村を賑わせていたのに、何でその上を行くんだ？」

「本当よ。村での話題も全部、ご主人様のになってるのよ？」

俺は溜息混じりに返答する。

「仕方ないだろ？　土地が欲しかったし、父さんの期待を裏切れなかったんだよ」

「だが、時期ってもんがあるだろ？　年明け後に発表しても良かっただろ？」

「そこに関しては俺は関係ない。まさか次の日に発表するなんて、俺も知らなかったんだよ。母さん達にも、今日の朝に報告したくらいだし。この件で悪いのは、俺の父さんと大臣、後はその仲間だ」

俺は何もしてない、何も知らない。

まあ、でもレオン達には悪い事をしたと少しだけ思っている。

「まあ、何だ。その代わり、お前らの式はこの世界で一番の結婚式にしてやるから、それで許してくれ」

「……それはそれで怖いんだが。まさかと思うが、神なんて呼ばないだろうな？」

不安そうにレオンが聞いてくるが、勿論手配済みだ。

「よく分かったな、生命神様と主神様、神聖国の女神様を呼ぶ予定だ」

「「なッ！」」

腰を抜かすレオンとクロネ。

いや、フィーリア様だけ呼ぶ予定だったのだが、あの後、メソメソとした泣き顔のアルティメシス様がいて、何で呼んでくれないの！　と泣きつかれたのだ。それで、他の神々も呼ぶ事になったんだよな。

「あ～、頭が痛くなってきた……」

「私もよ。何で、こんなイカれた王子の奴隷なのよ……」

レオンとクロネはそう口にして、もう話を聞きたくないと言って、チルド村の拠点に帰っていった。


一人になった俺は、二人に送るプレゼント作りのため、王都の拠点に向かう事にした。


王都の拠点のリビングで、ローラが一人で本を読んでいる。

「ローラ、何でお前一人でここにいるんだ？」

「手伝ってたら、本読んでて良いって言われた」

「……そっか」

その言葉で何となく察した。

ローラは少し悲しい表情をして言う。

「やっぱり、私、いらない子なのかな……」

「そんな事ないぞ。ただ、ローラは知らない事が多すぎるんだ。今回はその知らない知識を使うから、エマ達はローラに遠慮して、本を読んでおくように言ったんだ。だから、ローラがいらない子なんて事はないぞ」

まだ式まで時間があるし、今日はローラの相手をしてやろうかな。ローラがまだ勉強していないところを教えてあげよう。

◇◇◇

そして、結婚式当日。

持てる技術力を最大限に駆使して、チルド村の一番良い所に作った式場。そこで、レオンとクロネの結婚式が行われる。

式に呼ばれた者の中には、変装した皇帝や人間に化けている主神と女神がいる。神の姿のままのフィーリア様は、二人の結婚式を見守り、祝福を与えた。

勿論、俺の家族やジルの師匠のサジュさん、レオンの義父等、沢山の人が参加している。

厳《おごそ》かな式の後、パーティーが行われた。

その際、俺はレオンに呼ばれてパーティー会場から抜ける。

レオンは急に頭を下げてくる。

「アキト、何だかんだ文句を言ったが、最高の結婚式をしてくれてありがとう」

「まあ、喜んでくれたなら良かったよ」

「心の底から感謝してるよ。これからもアキトの奴隷として、精一杯働かせてもらう」

「そうか。とりあえず新婚生活を楽しめよ」

俺はレオンと一緒に会場に戻った。

会場に戻ってくると、レオンの義父からお礼を言われたり、酒に酔って変な絡みをしてくる主神の相手をしたり、色々大変だった。

ともかく最高の結婚式は、最高のまま終わった。

第11話　婚約

レオンとクロネの結婚から数日経ち、新年を迎えた。

ギリギリまで式の準備をしていたのもあって、俺は新年の準備を疎《おろそ》かにしていた。それでいきなりやって来たのが、連日のパーティーだ。

そんな訳で、俺は自室のベッドに倒れている。

いやマジで、何で新年早々三日間連続でパーティーするんだよ……

「今日は一段と疲れているようだな、アキト」

「……レオン、まだ休みにしているのに何でいるんだ？」

顔を向けると、レオンがいた。

奴隷達には休みをあげたのに、何でここにいるんだよ。

「暇だったし、アキトが疲れている姿でも見ようと思ってな……というのは冗談で、本当に大丈夫か？　俺も帝国にいた頃は新年のパーティーを苦手にしていたからな」

「帝国もこんな感じだったのか？」

「多分何処の国も一緒だと思うぞ。帝国では五日間ずっとパーティー続きだ。今頃皇帝も楽しんでると思うぞ」

「五日間もだと!?　……今は帝国と関わらない方が良いな。絶対に巻き込まれそうだ……」

そこへ、メイドがやって来て俺を呼ぶ。

パーティーに戻らなきゃいけないようだ。

「はぁ……行ってくるよ」

「頑張れよ。今日で終わりなんだろ？」

「ハハ。まだだよ。数日後には俺の誕生日パーティーがあるって、父さんが言ってたよ……」

「アキトの誕生日、年が明けてすぐだったな……それはまあ、ご愁傷《しゅうしょう》様だな」

レオンから同情するような目を向けられ、俺は肩を落として部屋を出ていった。

パーティーでは、新たに領主になったというのもあって、多くの貴族と挨拶をする事になった。

マジでこの三日間、色んなおっさんから挨拶されて、誰が誰だか分からないんだが!?

何とか挨拶の列が片付くと、俺は夜の風に当たりにベランダに出た。

数分後、ベランダに出てきた人がいた。

「アキト、大変そうだったな」

「リベルトさん……アリスは一緒じゃないんですか？」

アリスの父親のリベルトさんだ。

「ああ、さっきまで一緒だったが、挨拶回りで疲れたみたいで、今は別室に妻と休ませてるよ。それより、アキトは大丈夫なのか？」

「ぼちぼち限界ですね」

はぁ～と溜息を吐く俺を見て、リベルトさんは笑った。

「アキトの子供らしい姿、久しぶりに見たな」

「笑い事じゃないんですけど……マジで何なんですかあのオッサン達は！　俺と歳が一回りも離れた女性を紹介してきて、どうしたら良いんですか！」

そう、何故か俺は将来の伴侶《はんりょ》として女性を紹介され続けた。王族だしこんな事もあるだろうと思ってたけど、俺まだ五歳児なんだが……

婚約者がいない俺の立場だと、こういうのは避けられないらしい。

「いっその事、誰か婚約者にしたらどうだ？　一人でも決めた相手がいれば、そういうのはなくなると思うぞ？　アキトの母親のエレミアもそうだったからな。王子よりも人気のある貴族がいたのは、多分あの時代だけだろうが」

母さんは今の俺みたい状況だったらしい。それで、父さんと一緒になって落ち着いたようだ。

「父さんって、子供の頃から人気なかったんですか？」

「多少はあったぞ？　ただなぁ、エレミアの人気はそれより上だったんだよ」

まあ、母さんはあの見た目だし、幼い時から人気はあったのだろう。当時は、戦争も落ち着いて子供が沢山できていた時代で、同じくらいの歳の貴族の少年をどうだと言われていたらしい。母さんは小さい時から父さんを愛していたから、誰の手も取らなかったとの事。

リベルトさんが唐突に言う。

「なあ、アキト。アキトが良いんなら、アリスと婚約するか？」

「へぇっ？」

「勘の良いアキトなら気付いてると思うが、アリスがアキトに好意を寄せているのは知ってるだろ？」

確かに気付いてはいたけど……いや、流石にあそこまでベッタリで気付かない方がおかしい。ただ、婚約とは考えもしなかった。

「アリスはどう考えてるんですか？」

「少し前に家族で話し合ったんだよ。このままいけば、アキトは色んな貴族から目をつけられるだろうってな。将来の伴侶に知らない女性が来るかもしれない、そう言ったら、アリスが『アキト君から離れたくない！』ってなってな。それで今日、ちょうどアキトが一人になってたから聞きに来たんだよ」

「そうですか……」

リベルトさんからそう言われ、俺は少しだけ悩み、今の自分の思いを口にした。

◇　◇　◇

数日後、第二王子アキトの誕生日パーティーが城で行われた。

集まった貴族に、二つの知らせが伝えられる。

一つは、第二王子アキト・フォン・ジルニアに新たに〝クローウェン〟の名を授け、〝公爵〟の爵位を与える事。

そしてもう一つは、そのアキト・フォン・クローウェン公爵の婚約者の発表である。

相手は将軍リベルトの愛娘、アリス・フォン・ルーフェリア。

二つの喜ばしい知らせは、翌日には王都中を駆け巡り、数日後には国中に伝わった。国民は驚き、そして祝福した。

アキトを気にかけている神々もこのニュースを歓迎し、婚約者であるアリスに加護を与えた。なお、その事はアキトはまだ知らない。

◇　◇　◇

「なあ、本当にアキトは俺達に幸せになってほしくて結婚させたんだよな？　もう既に奴隷の間では、アキトの噂しかしてないぞ？」

「悪かったたって！　俺だって悪気があってした事じゃないんだよ。仕方ないだろ？　十も離れた相手を婚約者にどうだ？　って聞かれてたんだ。親交もあって互いに知り合っているアリスと婚約するのが、一番の防衛手段だったんだよ」

こう言うと嫌々みたいだけど、そういう訳でもない。

アリスと話し合って決めた事だ。

「っち……その言葉だけ聞くと、最低な男だな」

「これでもお互いに決めた事だからいいだろ。というか、レオンは頻繁に俺の所に来てるけど、クロネとはどうなってるんだ？」

「順調だよ。こうやって外に出て、帰宅した時のクロネの出迎えが楽しくて、頻繁にアキトの所に来てるんだよ」

レオンはそう言うと、「そろそろ帰る」と口にして転移魔法で消えた。

まあ、愛を育《はぐく》んでいるのであれば良いだろう。
レオンがいなくなった後、俺はベッドに横になり、名前が変わって初めてステータスを確認する。

名　前：アキト・フォン・クローウェン
年　齢：6
種　族：クォーターエルフ
身　分：王族　公爵
性　別：男
属　性：全
レベル：98
筋　力：5914
魔　力：10578
敏　捷：5314
　運　：78
スキル：【鑑定：MAX】【剣術：MAX】【身体能力強化：MAX】
　　　【気配察知：MAX】【全属性魔法：MAX】【魔法強化：MAX】
　　　【無詠唱：MAX】【念力：MAX】【魔力探知：MAX】

【瞑想：MAX】【威圧：MAX】【指揮：MAX】
【付与術：MAX】【偽装：MAX】【信仰心：MAX】
【錬金術：MAX】【調理：MAX】【手芸：MAX】
【使役術：MAX】【技能譲渡：MAX】【念話：MAX】
固有能力：【超成長】【魔導の才】【武道の才】
【全言語】【図書館EX】【技能取得率上昇】
称　号：努力者　勉強家　従魔使い
魔導士　戦士　信仰者
料理人
加　護：フィーリアの加護　アルティメシスの加護　アルナの加護

「おぉ、ちゃんと名前が変わってるな。それに身分も変わってる。凄い仕様だよな、このステータス……」

感心していると、部屋の扉をノックする音が聞こえた。

現れたのはアリスだ。

「あれ、アリス？　今日って来る予定だったっけ？」

「ううん。今日、お父様がお城に用があるって言って、ついてきたの」

アリスはそう言うと、ベッドに腰かけている俺の横に座り、笑みを浮かべた。

婚約発表してからアリスは、少し大胆というか、これまでだったら恥ずかしがっていた事を当たり前のようにしてくるようになった。

例えば、これまで隣に座るだけで頬を赤く染めていたが、最近は肌がくっ付くくらい近くに寄ってきている。

「そっか、それじゃ折角だし、チルド村にお出かけでもする？」

「いいの？」

「ああ、帰りはちゃんと俺が送るから、リベルトさんに許可を取りに行こう」

「うん！　早く行こ、アキト君！」

こんな風に、俺とアリスは婚約を結び、これまで以上に仲を深めた冬休みが終わるのだった。

第12話　学園祭準備

三学期が始まった初日のホームルームで、近々ある学園祭について伝えられた。

前世でもあったように、この学園でも学園祭というものがある。

まあ、学園祭で出し物ができるのは三年生からなので、一、二年生は学園祭を見て回るのがメインだ。

だがそんな中、一年生からでも参加できるものがある。

それは、学園側が主催する学園大会だ。

「アキト君、この後、ちょっと学園長の所に行ってくれないかしら？」

ホームルームが終わり、アリスと帰ろうかと話していると、担任の先生からそう言われた。

別に断る理由もないので、アリスに先に帰っててと言って学園長室に向かう。

「アキト様、すみませんね。登校初日に呼び出したりして」

「いえ、別に構いませんよ。それで、俺に何か用があるんですか？」

「はい。アキト様、本日のホームルームでも先生から聞いたと思いますが、学園祭で学園大会が行われます」

それから学園長は頭を下げた。

「アキト様には申し訳ないのですが、出場しないでほしいのです」

「……それはやっぱり、俺と周りとの実力の差があるからですか？」

「はい……学園長という立場上、アキト様の力については多少聞いています。魔帝国、神聖国の戦争を止められた方に大会に出場されますと、折角の楽しいイベントが、ただの殺戮《さつりく》の場になってしまいますので……」

「まあ、そうですよね……」

俺の魔力の数値は1000を超え、化け物の部類に入っている。爺ちゃんとはどっちが化け物か言い合いをしたが、周りから見れば俺は化け物で間違いないだろう。

そんな奴が、学園のイベントに入り込んだら――まあ酷い事になるのは予想がつく。

俺は消沈しつつもそれを表には出さずに言う。

「最初からそのつもりでしたよ。学園祭はアリスや友人と見て回るつもりですので、ご安心くださ い……」

すると学園長は再び頭を下げ、「アキト様でも楽しめるイベントを考えます」と言った。

その後、学園長室を出た俺。既にアリス達がいなくなった教室で自分の荷物を取ると、そのまま帰路についた。


「分かってはいたけど、参加できないのはつらいな……」

自室のベッドに横になりながら呟き、俺はステータスを表示させた。そこには、化け物の証拠の数々が、映し出されていた。

「努力しすぎたのもダメだったな……はぁ、夕飯までちょっと寝よ……」

そして布団を被って眠りにつこうとしたところで、扉をノックされる。扉を開けて入ってきたのは、爺ちゃんだった。

「んっ、アキト。寝るところじゃったか？」

「いや、ちょっと考え事しすぎたから寝ようかなって。俺に何か用なの、爺ちゃん？」

「いやな、帰宅してきたアキトがちょっとばかし元気がなかったようじゃから、久しぶりに一緒に狩りにでも行かんかと誘いに来たんじゃ」

　爺ちゃん……

「そうだね。夕飯までまだ時間あるし、ちょっと一緒に遊びに出かけよっか」

「うむ、そうじゃな。何処に行きたい？　前に行ったダンジョンに行くか？」

「ん～、流石にこの時間からダンジョンはキツイと思うから、近場の森で狩りをしよっか」

　爺ちゃんの誘いに乗って、俺は王都から一番近い森へと転移した。

　そして、どっちが多くの魔物を狩れるか、三十分の制限時間付きで勝負をする。そうやって体を動かしていたら、落ち込んでいた気分はスッカリと消えた。

「ありがとね、爺ちゃん。俺を狩りに誘ってくれて」

「戦闘だけしかできないと思われたくないからの。偶には孫の気分転換に付き合うのも、爺ちゃんの務めじゃろ？」

　ニカッと笑顔を見せる爺ちゃんに、俺は再度「ありがと」と伝えた。

　翌日から学園は、学園祭に向けて動き出した。

この期間、一年生と二年生は、授業は午前中だけになる。

「アキト君、帰ろっか」

「ああ、帰ろうかアリス」

新学期に入って席替えが行われ、俺とアリスの席は隣同士になった。それに加え、俺の前にはルークがいる。

俺の席は廊下側とは反対の一番後ろの席、俗に言う〝主人公席〟だ。

「それじゃ、また明日、ルーク君」

「うん、ばいばい。アキト君、アリスちゃん」

「ルーク君、ばいばいです」

俺とアリスが帰りの支度を終え、友達と話していたルークに帰りの挨拶をした。それから、一人席が離れているアミリス姉さんと合流して教室を出る。

アミリス姉さんが話しかけてくる。

「そういえば、最近エリク兄さんの帰り遅いわね。やっぱり、学園祭の準備が忙しいのかしら？」

「昨日お風呂が一緒になったから聞いたけど、相当キツイみたいだね。クラスの出し物もそうだけど、エリク兄さんは学園が主催する催しの委員でもあるからね」

「クラスだけでも忙しいって聞いたけど、エリクお兄さんは凄いんだね」

俺とアミリス姉さんのするエリク兄さんの話を聞いて、アリスはとても感心していた。俺も、エリク兄さんの働きぶりは凄いなと感じている。

兄さんは、クラスでもリーダーシップを発揮していて、クラスの皆を引っ張っている。更に委員会でも率先して動いているのだ。

そんなエリク兄さんの事を学園長は、「父親似じゃなくて、先生方も助かっているわ」と嬉しそうに言っていた。


帰宅後、俺はアリスと勉強会を行った。

新学期最初のテストでは、学年二位の成績だったアリス。彼女はその地位には満足しておらず、俺を抜いて一位になりたいらしい。

「勉強だけじゃなくて、魔法も頑張ってるからな、アリスは。このままだと、本当に抜かれそうだよ」

「うん。リオン様に、今度の休みの日も特訓に付き合ってもらうんだ」

ニコリと笑って言うアリス。

最近のアリスは、勉強も魔法も頑張っていた。

勉強の方は、俺との勉強会で爆速で知力をつけている。魔法の方は、爺ちゃんという攻撃魔法のエキスパートによる特訓を受けて、魔力量が上がっていた。

うかうかしてたら、本当に抜かれそうなんだよな。

俺と婚約した事で、アリスは神々から加護を受けている。

その成長スピードは、ローラに引けを取らず、魔力量で言えば既に３０００超え。レベル上げも順調に行っているので、他の能力値もかなり上がっているのだ。

「そてと、そろそろ休憩にしようか。アリス、お菓子食べるか？」

「うん！」

アリスは持っていたペンを置いて、ソファーに寄りかかった。

アリスの良いところは、無理して頑張るのではなく休む時は休んでくれるところだ。教える側としてもちょっと気楽だ。

ソファーから立ち上がってお茶を淹れていると、アリスが尋ねてくる。

「……そういえば、アキト君ってまた身長伸びた？」

「えっ、そうかな？　まあ、エルフ族の血が流れてるから成長が普通の人より早いんだよね。多分、そうなんじゃないかな？」

俺と同じ年のアリスは、身長が百センチメートルくらいだ。それに対して、俺の身長は既に百三十センチメートルを超えている。エルフ族の特徴的な耳をしておらず、見た目は完全に人なので、「本当に、五歳児なの？」と聞かれる事がある。

このままいけば、大人になる頃には百八十センチメートルは超えてそうだから、低身長に悩む事はないだろうな。

「いいなぁ～、私も早く成長したいなあ……」

「まあ、そこは種族の違いだからね。仕方ないよ」

そう言って、アリスの頭を撫でる。

十分な休憩を取ってから勉強を再開し、夕食の時間になるまで頑張るのだった。

◇　◇　◇

「どうしたの、エリク兄さん？」

「……アキト、お兄ちゃんを助けて！」

アリスが帰った後、エリク兄さんに呼ばれたので部屋に入ると、エリク兄さんが泣きながら俺に抱き着いてきた。

「ちょっ、エリク兄さん!?　どうしたの!?」

「アキト、お願い。助けてほしい」

「わ、分かったから、まずは話を聞かせて！」

わんわん泣く兄さんをとりあえず宥《なだ》めて、話を聞く事にした。

そして聞いた内容に、俺は溜息を零《こぼ》した。

学園長、エリク兄さんは父親似ですよ……

「エリク兄さん、まず一つ言っていい？　何でそんなになるまで仕事を溜め込んだの？」

「で、できると思ったんだ……でも気が付けば、次から次へと仕事がドンドン溜まってて、他の人にも仕事を回しているから、自分の仕事を手伝ってとは言いづらくて……だから、アキトに隠れて手伝ってもらおうかなって……」

「その考え、父さんと全く一緒だよ……はぁ、分かった。でも、隠れてするのは色々と面倒だから、学園長に話して、手伝ってもいいか聞いてからだよ？」

「う、うん。ありがとうアキト……」

涙を堪《こら》える兄さん。

一番、ダメなところが父親に似てどうするんだよ……

絶対に今の兄さんの前では言えない文句を、俺は心の中で言うと、泣いている兄さんにハンカチを渡した。


エリク兄さんから救援信号を受けた翌日。

全部の授業が終わり、帰る支度をした俺はアリス達と別れて、兄さんが待つ部屋に向かった。

今回俺が手伝うのは、学園が用意する休憩スペースの道具の製作と仮設置だ。

「皆さんこんにちは、アキトです。昨夜、兄に手伝ってほしいと言われて来ました」

「「来てくれてありがとう！」」

部屋に入るなり、兄さんと同じ仕事をする事になっている先輩達が歓迎してくれた。

早速、現在の進行具合を聞くと、四割しか進んでいないとの事。

「ふむ……とりあえず、休憩スペースの製作に必要な物って何ですか？」

そう聞くと、先輩の一人が書類片手に説明してくれた。

ある程度の必要な物を理解した俺は、材料が置かれている場所へ向かう。

そこには、既に何個か作られている机や椅子があるが、説明された数よりも大分足りない感じだ。

……学園祭まで五日もないのに、このペースで間に合わせるつもりだったのかな？

「……とりあえず、一セット作ってみるよ。見本はどれ？」

「こっちにあるよ。ごめんねアキト、巻き込んじゃって……」

「いいよ。エリク兄さんに頼ってもらえて嬉しいし」

そう言って俺はエリク兄さんに見せてもらった見本通りに、魔法を使って板を加工した。以前、魔法の訓練をする際に木の加工をした事があるので、楽に机と椅子を作る事ができた。

作製は五分程で終わり、完成した机と椅子をエリク兄さん達に確認してもらう。

「凄いよアキト！　僕達だったら一セット作るのに、この人数で三十分かかるんだよ」

「す、凄い速さだ……それに俺達が作ったのより綺麗にできてる。いや、学園が渡してきた見本より綺麗に……」

「流石、アキト様だ……」

こんな感じで、各々、俺が作った物に感動していた。

というか、学園側は毎年学園祭が行われているのに、何でこんな椅子とか机を作らせているんだ？

「ねえ、兄さん。一つ疑問に思ったんだけど、椅子と机は前年度のを使っちゃダメなの？」

「アレ？　アキトは知らないのかい。毎年、学園祭最終日に大きな炎を囲んで、パーティーを行ってるんだよ。その時に、使った木材は全部焼いちゃうんだ。何でそんな事をしてるのか知らないけどね」

「ふ〜ん……まあ、一年間保管していて、いざ使う時に壊れたら大変だし、毎年作り直すのもいいっていう考えなのかな？」

その後、俺は机と椅子を量産した。

作る際には【属性魔法】を使っていたが、段々と作られた物の出来が良くなっていく。ステータスを確認すると、シッカリと【木材加工】のスキルをゲットしていた。

特に使う場面がなさそうな、スキルをゲットしてしまったな……

「アキト、今日は本当にありがとうね。これで、クラスの方にもやっと顔が出せるよ……」

「別にいいよ。困っていたら助け合うのが兄弟でしょ？」

「……そうだね。アキトが何か困ったら、何でも言ってね」

作業終了後、先輩方からも頭を下げられ、休憩スペースへの椅子と机の移動は自分達でやると言われて、俺は作業室から出た。

家に帰宅した俺は、今日の作業で手に入れたスキルの活用法を考える事にした。

奴隷に大工も沢山いるし、チルド村にはそれこそ職人が沢山いるからな……

「本当に意味のないスキルなんだよな……」

しかし、折角手に入れたのなら何か活用したい。

そう思って色々と考えていると、ある事を思いついた。

「そうだ！　フィーリア様達の木像を作ってみるか！」

聖職者でも神様と直接会った事がある者は少ない。神々の像は実際にあったりするが、どれも顔が削られていたり、体の形が違っていたり、そもそも本物と似ていなかったりする物ばかりだ。以前、教会に祈りを捧げに行った際も変に感じていた。

似てもない像に祈るのもなあと思って、それ以降教会に行っていなかった。

「とりあえず、最初は小さめの像から試していこう……」

早速俺は、チルド村へと向かい、木材を調達した。

そして拠点の作業部屋にて、神々の木像作りを始める。

当初、スキルレベルが1なので失敗を繰り返した。

しかし、徐々に像として形となっていき、作製三日目にはフィーリア様そっくりの木像を作る事ができたのだった。

第13話　学園祭

それから数日経ち、学園祭一日目となった。

学園祭は三日間行われる。

一日目は、生徒の出し物を楽しむ。

二日目は、学園の出し物を楽しむ。

三日目は、無事に学園祭ができた事に感謝する。

そんな感じの三日間である。

一日目、二日目が特に盛り上がるみたいで、学園外からも多くの人がやって来るようだ。

「アリス、離れないように手を握っておくけど良い？」

「うん！　絶対に離さない！」

既に朝の時点で、いつもは教室に入っている生徒が廊下に溢れていて、人の波ができていた。

それにしても凄い人だ。昼時の購買でもこんなに人が並ぶ事はないのに……

「それじゃアキト君、アリスちゃん楽しんできてね」

ルークがそう言って去っていく。

というのも、学園祭一日目はアリスと二人でデートすると決めていたからだ。

姉さんが俺達と一緒に回りたいと言ってきたが、二日目からは一緒に回ると言って、折れてもらった。

「それにしても人が多いな。外から人が来るのは昼以降って事は、これ全部、生徒なのか？」

「ね、こんなにいたんだね」

「ああ、昼以降に安全に過ごせる場所を先に探しておいた方が良さそうだ」

そう言って、俺とアリスは人の波の中へ入っていった。

だが、すぐに人波の中で疲れてしまい、ある程度進んだ先にあった喫茶店に入った。勿論、生徒が出してる店だ。

飲み物と軽食を頼んだ俺とアリスは、やっと落ち着けると椅子に深く座る。

アリスが言う。

「つ、疲れたね……」

「あぁ、まさかここまで人がいるとは思いもしなかったよ。これじゃ、楽しいデートにはならないか……」

「そんな事はないよ。私は、アキト君と一緒にいられれば楽しいから」

折角のデートなのに、楽しませられないな。

俺は、気遣ってくれるアリスに向かって言う。

「ありがとアリス。午後はもっと人が多くなるって聞くし、あまり動かないで良いように飲み物だけ買って、体育館で出し物を見ようか」

注文した飲み物と軽食が届き、十分休憩をする。

それから俺達は、飲み物を持って、体育館へ移動した。

体育館では、テーブルと椅子が用意されており、ステージの方では生徒が色んな出し物をしていた。

音楽を演奏したり、危なくない魔法で観客を楽しませたり、漫才をしたり……

「この世界にも、音楽や漫才があるんだ……」

食関係以外にも、前世と似たものがあるんだな。

意外にもこちらの音楽技術はそれ程悪くなく、聞いて楽しめる物だった。ジャンルは多彩で、これまでの転生者が色んな音楽をこの世界にもたらしたのかもしれないな。

そんな感じで一日目は、人の多さに圧倒されながらも、アリスと二人で楽しむ事ができた。

「アキト達、見なかったけど何処にいたの？」

帰宅後、エリク兄さんからそう聞かれ、人から逃げるように過ごしていたと伝える。

「そっか。まあ、確かにいつもより人が多いもんね、学園祭は」

「うん、だから、体育館で色んな出し物を見ていたんだ」

「そうだったんだ。アキト達が楽しんだんなら良かったよ。全然見かけなかったから、途中で帰ったのかな？　って心配してたんだ」

確かに体育館に行った後、全く外に出ていなかったな。

そのせいで心配かけてしまった事に、俺はエリク兄さんに謝罪をし、明日は学園大会を見ると伝えた。

「あっ、その学園大会の事なんだけど、アキトってあの噂知ってる？」

「んっ、何の噂？」

「お父さんと、リベルトさんが保護者の部で出場するらしいんだよ」

「え？」

その後、父さんに聞きに行った。

どうやら、父さんはリベルトさんと相談して久しぶりに戦いたいとなり、出場する事にしたらしいんだが——

◇　◇　◇

翌日、保護者の部の予定表を見に行くと、父さんとリベルトさんの名前が参加者の中にしっかりと載っていた。

「はぁ、王様と将軍で揃って何してんだよ……」

溜息を吐きつつ、そう呟く俺。アリスも呆れているのか、俺と同じように溜息を吐いた。

俺とアリスは、大会が行われる会場に入った。

観客席は、自由席と指定席の二種類ある。自由席は無料で座れる席で、指定席はお金を払って借りる席だ。

「昨日であんな人数だったし、ここは指定席を買っておくか」

「うん。昨日も全部アキト君がお金を払ってくれたけど、そんなにお金使って大丈夫？」

「心配しなくていいだよ。家の手伝いでお小遣いを沢山もらってるから。こういった時はパァーッと使わないと」

俺は指定席を購入して、アリスと移動した。

既に大会は進行中だ。学生同士の戦いといえど結構白熱していて、なかなか楽しめた。

そして、午前の部である学生の戦いが終わり、午後の保護者の部になる。

「父さんとリベルトさんは、別のブロックか。という事は、あの二人が戦うってなるのは、決勝戦なのか」

「早めに当たってくれた方が良かったのに……」

「まあ、そこはクジだし仕方ない。とりあえずあの二人の戦いを見て、盗めるところは盗もうか」

早速、父さんの第一戦目が始まった。

開始早々、父さんは自身の周りに魔力の壁を作り、魔力の鞭《むち》を生み出した。そうして一気に対戦相手に詰め寄ると、魔力の鞭を巻き付ける。動きが封じられた相手は、そのまま場外に吹き飛ばされてしまった。

あまりの華麗さに会場はシーンとなっていたが、すぐに歓声が上がる。

「す、凄いね。アキト君のお父さん」

「ああ。流石、国一番の魔法コントロール力って言われているだけあるよ。爺ちゃんの戦い方は派手だけど、父さんの戦い方は鮮やかって感じだな」

その後も父さんは、魔法を巧みに使い、観客を沸かせた。

一方、リベルトさんも観客を魅了していた。リベルトさんは持ち前の怪力で、対戦相手の武器を粉砕。魔法の攻撃すらも力で弾き飛ばし、迫力のある試合の仕方をする。

「リベルトさんも凄いね。魔法を武器で叩き返すとか、普通の人はしないよ」

二人はその後も負ける事なく、無事に決勝の舞台に現れた。

幼馴染で現在も親交がある二人。相手の戦い方を熟知している同士の戦いが遂に始まる。

「試合開始ッ！」

合図と同時にリベルトさんは強化魔法を使い、一気に父さんに接近する。しかし、父さんはリベルトさんの動きを予測していて、転移魔法で上空へ避難した。

父さんが上空から魔力の弾を飛ばすが、それらをリベルトさんは完全に回避。隙を見て上空へ飛ぶ。

アリスは呆然としていた。

「凄い……」

まあ確かに、あのレベルの戦いを見たらそうとしか言えなくなるよな……実際、俺も凄いとしか思えないし。

「オラオラ、どうしたアリウスッ！」

上空の父さんにたどり着いたリベルトさんが、笑顔で剣を叩きつける。

「ハッ、流石リベルト。でも、まだまだこれからだよッ！」

リベルトさんに対して、父さんも笑顔で返答した。

父さんはリベルトさんの攻撃を避け、短距離転移魔法を使いながら、普段はしないような呪文の詠唱を始める。

ッ！　その詠唱ってもしかして!?

「アリス、ちょっとごめん！」

「えっ？」

父さんの詠唱を聞くや否や、俺は自分の耳よりもアリスの耳を押さえた。

ドッ!!

上空から爆音が響き渡った。

先程の詠唱、アレは以前父さんが「父さんが使える最高の攻撃魔法」と言って、見せてくれた【爆裂魔法】だ。

その威力は凄まじく、魔力が低い父さんでも軽く大岩を粉砕する。って、あんなのを至近距離で使ってリベルトさんは大丈夫なのか!?

そう俺が心配していると、土煙の舞う試合会場にうっすら人影が映る。

リベルトさんが咳《せき》をしながら現れた。

「凄いタフだな、リベルトさん……」

「あ、アキト君……そろそろ、離してほしいかな……」

「あっ、ごめん。アリス」

リベルトさんが出てきた事に安心していると、耳を押さえていたアリスから小声で注意された。

俺は慌てて手を離す。

アリスは少し顔が赤くなっていた。

その後も、父さんとリベルトさんの戦いは激しさを増していった。

「アリウスッ！」

「リベルトッ！」

魔法対剣術の戦いに、観客は大いに盛り上がる。

巧みな魔力コントロールで、鮮やかな魔法を使う父さん。魔法を撃ち返し、素早い動きで相手を翻弄《ほんろう》するリベルトさん。

二人の戦いは、今大会で一番の長期戦となった。

だが、その戦いは意外な形で終わる事になった。父さんの魔力配分が悪かったのか、一瞬の隙を突かれ、呆気なくリベルトさんの勝利に終わったのだ。

「凄かったね、アキト君」

「そうだね。父さんの魔法も、リベルトさんの剣技もレベルが高かったね」

試合を見終わり、大会会場を後にした。

それにしても本当に凄かったな……勉強できる部分は沢山あったし、今後の俺の特訓に活かしていくか。

その後、アミリス姉さんとルーク達と合流して、色んな所を巡ったのだった。


三日目も楽しく過ごし、アリスが俺に向かって言う。

「アキト君、三日間楽しかったね。来年も一緒に回ってくれる？」

「勿論。来年も一緒に回って、再来年は一緒に学園祭を盛り上げような」

そうアリスと約束をした。

こうして、楽しかった学園祭は終わりを迎えた。

◇ ◇ ◇

次の日、片づけ等もあるので下級生の俺らは学園が休みとなった。

「祭りをしよう」

主要メンバーを王都の拠点に集め、俺はそう宣言した。

要は大会に参加できなかったけど、自分ですれば良くね？ と考えたのだ。だって、それをするだけの力があるし？ 自分勝手に作っても良くね？ という訳である。

「アキト、いきなり集められて『祭りをしよう』って言われても、内容が全く入ってこないんだが？」

レオンがそう尋ねてきた。

俺の突然の宣言に、他の者達も困惑しているらしい。

「ああ、すまんすまん。ほら、昨日まで学園祭で大会が行われていただろ？ 観る側として十分楽しめたんだが、やっぱり自分も参加したいだろ？ でも、俺は参加できなかったから、いっその事自分でやろうってなったんだよ」

「……つまり、アキトが戦いたいから、大会を開きたいって事か？」

「簡単に言うとそうだね。まあ、でもすぐにっていうと、準備不足とかで困るかもしれないから、学園が春休みに入った辺りで行おうと思っている」

学園が春休みに入るまで二ヵ月程ある。

それだけあれば用意も万全にできるだろうし、コンディションが最高の状態で参加してもらえると思う。

「成程な……まあ、俺は良いと思う」

「私も良いと思うわよ。それって、ご主人様も出るんでしょ？」

レオンに続いてクロネが尋ねてくる。

「勿論だ。何だ、クロネは俺と戦いたいのか？」

「ええ。だって、あの時は油断して負けたけど、本気で戦ったらどっちが強いのか確かめたいって思っていたのよ」

確かにクロネが油断していなかったら、俺は死んでいただろうな。だが、今では負ける気が全くしない。

レオンも乗ってくる。

「俺も同じ意見だ。俺とアキトとの戦いも、馬鹿に邪魔されて、勝負をお預けにされていたからな」

「そういえばレオンもそうだったな……まあ、その闘争心は二ヵ月後まで持っておけよ」

その後、メンバーの中で大会に出たい者はいるか尋ねた。

ひとまず大会に参加したいと言ってくれたのは、レオン、クロネ、ジルの三名。もっと増えるだろうが、その他のメンバーは、一応大会運営をやってくれるという。

なお、運営のリーダーはエマに任せる事にした。

第14話　妖精族との出会い

大会を行うと宣言してから一週間経った。

その間、俺は自分の特訓のために諸々の予定を調整した。アリスに「勉強会を少しの間、休止してもいい？」と聞いたら、泣いてしまって大変だったな。

まあともかく、本日から特訓を始めよう。

学園もちょうど休みに入ったので、一人で以前攻略したダンジョンへやって来たんだが——

「……これ、誰か先に来てるな？」

このダンジョンは俺の領地内にあるので入場を制限している。身内か俺の奴隷達しか入れないようにしているのだ。

「ここに来られるって事は、レオンかジル辺りか……クソ、先を越されたな……」

そう思いながら俺は進んでいく。

しかし魔物が全く湧いていない。意味のない時間を過ごしたなと感じつつ、結局魔物を狩らずにダンジョンを出た。

魔法を使った痕跡があったから……レオンかクロネか。

「ここ以外となると、俺が知っているダンジョンで効率良くレベル上げができるのは、王都から大分離れた所になるな……よし、レベル上げはやめるか」

じゃあ、魔法の技術を鍛えるかな。

その場合、父さんか爺ちゃんに指導してもらうのが良いけど……二人とも忙しそうにしてたんだよな。父さんは今朝、大量の書類を前に頭を抱えていたし、爺ちゃんはその手伝いをしながら、転移魔法で消えたり現れたりしていた。

この時期は例年忙しそうにしてるし、今は特訓に付き合ってもらえないだろう。

「そうなってくると、他に魔法を教えてくれそうな人は……」

自室のベッドに横になりながら頭を悩ませていると――いきなり部屋が真っ白く光り輝いた。

俺は慌てて飛び上がる。

光の粒子が部屋の中心に集まっているのが見え、ジッと待っていると、アルティメシス様が現れた。

「呼ばれてないけど、出てきた主神です！」

「ああ、はい。お久しぶりです」

アルティメシス様に、俺は冷静に応じる。

アルティメシス様が笑みを浮かべて尋ねてくる。

「アキト君、今困ってる？」

「……まあ、困っているといえば困ってますね。特訓をしたいと思って時間を作ったのに、何もできていないので……」

「そっかそっか！　そんなアキト君の気分を晴らしてくれる、とっておきを用意しました！」

アルティメシス様はテンション高くそう言うと、手の上に小さな人形を出現させた。不思議に思ってその人形を見つめる俺。

「初めまして、私の主様」

「へァッ!?」

急に人形が喋り出したので、俺は混乱してしまった。

よくよく人形を見て、何となく気付く。

「アルティメシス様……この子って、もしかして妖精ですか？」

「うん、そうだよ。妖精族のリーフちゃんだよ。私の数少ない、話し相手の一人」

するとその妖精がばたばたしだす。

「もう主神様、主様には自分で名前教えたかったのに～！　主様、改めて言いますね、私は妖精族のリーフです」

「あ、初めましてアキトです……って、主様って言ってるけど、何で？」

俺がそう問うと、リーフは嬉しそうに答える。

「私がアキトちゃんの妖精だからだよ」

「……え？　契約とかした覚えはないよ⁉」

「あっ、契約とかはないよ？　私達妖精は、ついていきたいって感じた相手に勝手に引っ付くだけだから」

俺が困惑していると、アルティメシス様が妖精について説明してくれた。

妖精族とはこの世界で最も珍しい種族で、基本的には別の空間で生活しているため、その姿を見る事さえ極めて難しいらしい。

時偶《ときたま》、気に入った相手に勝手に引っ付いて旅する妖精がいるくらいで、滅多《めった》に姿を現さない。妖精に選ばれた者は、妖精の主として妖精の力の一部を使えるようになるようだ。

俺は首を傾げつつリーフに尋ねる。

「え～っと……何で、俺と一緒にいたいと思ったの？」

「ん～、楽しそうだなって感じたから？　それにアルティメシス様の友人だったら、良い人だと思ったから！」

リーフはそう口にすると俺の周りを飛び回り、最終的に俺の頭の上に座った。

馴れ馴れしいけど、悪い奴じゃなさそうだな。

「リーフちゃんは、妖精族の中でも極めて強い子だから、何かと役立ってくれると思うよ」

「そうだよ～、私って強いんだよ～。次期妖精王って呼ばれてるんだ～」

んっ？　今、変な事言わなかったか？

「……次期妖精王？」

俺の頭の上で、足をパタパタとしているリーフ。

それからリーフはいきなり立ち上がって、次の言葉を発した。

「そうだ！　主様には私の力を見せておかなきゃ！　主様、本気で魔法を使える場所教えて！」

俺は混乱しつつも、爺ちゃんとの魔法の訓練所に転移魔法で移動した。早速リーフが「主様、見ててね！」と言って離れていく。

リーフが魔法を使ったのだが――

「……」

俺は目の前で起きている現象を見て、ただ呆然としていた。風を起こすにしても水を出すにしても、リーフの魔法は規模がとんでもないのだ。

「アルティメシス様、リーフって何者ですか……」

「んっ？　次期妖精王だよ。力だけで言えば、既に現妖精王を超えているけどね」

「……何で、そんな妖精が俺の所に来たんですか？」

「それはさっきリーフちゃんも言ってたけど、リーフちゃんがアキト君を見て一緒についていきたいって思ったからだよ。まあそうなる事を見込んで、私と妖精王がアキト君をリーフちゃんに見せたんだけど」

「どうしてそんな事をしたんですか？」

するとアルティメシス様はリーフの生い立ちについて話し出した。

リーフは生まれた時から、既に妖精王と同じ【原初魔法】を覚えていており、更に魔力も妖精王と同じ程持っていたという。

しかしその事で、周りの妖精達はリーフと距離を取ってしまう。

ずっと一人だったリーフ。そんな彼女を心配し、妖精王はアルティメシス様に頼んだ。リーフが興味を惹かれる人間と会わせてほしい、と。

それで、その結果が今という訳のようだが――

リーフが飛んできて、俺に向かって言う。

「ちょっと、主様！　主神様とばっかりお話しして、私の魔法ちゃんと見てなかったでしょ！」

「あっ、ごめんごめん。ちゃんと見るよ」

文句を言われた俺は、リーフの魔法をちゃんと見る事にした。まあ話しながら見てたけど、凄まじい魔法なんだよな……

そんなこんなで、リーフが新たに仲間となった。

アルティメシス様と別れて、帰宅した俺。部屋のソファーに座り、テーブルの上に置いたクッションにリーフが座る。

「俺の所に来たのは良いけど、したい事とかあるの？」

「う～ん……特にはないかな？　主様の近くにいれば、楽しそうだなって思って来ただけだし」

「ふむ……」

パタパタと足を動かすリーフ。

しかしそうなると、俺の都合に色々付き合ってもらう事になるんだよな。今、俺がしたい事と言えば魔法の特訓だし。

……って、アレ？

「なあ、リーフってさっき魔法使ってた時から思ってたけど、【属性魔法】って使える？」

「使えるよ～。魔法の腕なら、お母さんも超えてるよ」

俺はリーフに頼み込む。

「……リーフ。俺に魔法を教えてくれないか？」

「私が？　主様に？」

「ああ、実は……」

俺はリーフに何故、魔法を教えてほしいのか話した。一応、リーフにも大会に出るかどうか聞いてみる。

「どうする？　リーフも大会に参加するか？」

「ううん、私は見る方が良いかな。でも、主様を鍛えるのは楽しそう。だって、妖精族しか知らない魔法とかも教えていいんだよね？」

「使えるようになるかどうか分からないけどな」

「あっ、それなら大丈夫だよ。主様、ステータスを確認してみて」

リーフにそう言われた俺は、ステータスを確認した。

名　前　：アキト・フォン・クローウェン
年　齢　：6
種　族　：クォーターエルフ
身　分　：王族、公爵
性　別　：男
属　性　：全

レベル：98
筋　力：5914
魔　力：10578
敏　捷：5314
　運　：78
スキル：【鑑定：MAX】【剣術：MAX】【身体能力強化：MAX】
【気配察知：MAX】【全属性魔法：MAX】【魔法強化：MAX】
【無詠唱：MAX】【念力：MAX】【魔力探知：MAX】
【瞑想：MAX】【威圧：MAX】【指揮：MAX】
【付与術：MAX】【偽装：MAX】【信仰心：MAX】
【錬金術：MAX】【調理：MAX】【手芸：MAX】
【使役術：MAX】【技能譲渡：MAX】【念話：MAX】
【木材加工：2】
固有能力：【超成長】【魔導の才】【武道の才】
【全言語】【図書館EX】【技能取得率上昇】
【原初魔法】
称　号：努力者　勉強家　従魔使い

魔導士　戦士　信仰者
料理人　妖精の友
加　護　：フィーリアの加護　アルティメシスの加護　アルナの加護

「……は？　何で、固有能力に【原初魔法】があるんだ⁉」

「私達妖精が主と認めた人には、妖精が持つスキルの一つを付与できるの。それで、私が主に渡したのが、妖精族だけが使える、種族魔法の中でも最強の魔法──【原初魔法】！」

ニコニコと笑って言うリーフ。

俺はただステータスに映る文字を眺めて、唖然としていた。

それから【原初魔法】がどういう魔法なのか、教えてもらった。

【原初魔法】とは、【属性魔法】の元となった魔法で、強力であるものの扱いづらいため妖精族しか使えない。ただし、俺のように妖精に気に入られて、【原初魔法】を使用可能になる場合もある。

そんな珍しい【原初魔法】は、リーフも言っていたように、魔法の中で最強らしい。

リーフが見せてくれた魔法は一部に過ぎない。本気を出せば、この辺り一帯の地形を変える事もできるという。

「とにかく、すんごい強い魔法って事か……」

「その解釈で正解かな～。私も全部をキッチリ使えるって訳でもないんだ。お母さんから、危ないのは教えられないって止められてるの」

……あんな魔法を使っておいて……更に危ない魔法が存在するのか。

俺は心の中で少しだけ恐怖を感じながら、それからもリーフに【原初魔法】について聞いていった。


その日の夕食の際、リーフの事を家族に紹介するか迷ったが、今更隠し事をしてもなと思って紹介した。

「あらあら、可愛い子がアキトちゃんのお仲間になったのねえ〜」

「アキト、凄いな〜」

「妖精か、流石アキトだ。父さんは見た事しかないのに、アキトにはついてもらえたんだね」

母さん、兄さん、父さんがそれぞれ言った。父さんが妖精を見た事があると言ったのが気になったので尋ねる。

「……って、父さん。妖精見た事あるの⁉」

すると、父さんは今は誰も座っていない爺ちゃんの席へ視線を向けた。

「リオンお父さんが、妖精に目をつけられない訳ないでしょ？」

「あぁ……そうか。爺ちゃんも妖精族と交流があったのか……アレ？　でも俺は見た事ないぞ？」

「ああ、お父さんの妖精は妖精王らしくて、普段は現世に来られないらしいんだよ」

俺は椅子から転げ落ちそうになった。

……あの爺ちゃんなら、妖精に目をつけられてもおかしくない、そう納得していたけど、まさか妖精王とは思いもしなかった。

「父さんは妖精王に会った事あるの？」

「小さい頃にね。でも、その妖精が妖精王になる前だよ。妖精王として妖精族を導くようになってからは、何十年も会ってないよ。多分、リオンお父さんもあまり会ってないんじゃないかな」

「そうなんだ。爺ちゃんが帰ってきたら、ちょっと聞いてみるよ」


夕食後、風呂を済ませてから自室に戻った俺は、リーフに爺ちゃんを知ってるか聞いてみた。どうやら直接会った事はないが、妖精王から話は聞いた事があるらしい。

だったらリーフは、俺より色々派手な事をしている爺ちゃんについていった方が良かったんじゃないかな。

ふと、そんな風に思って尋ねてみると――

「お母さんのお古《ふる》って、嫌」

リーフは、凄く真剣な顔をして言った。

まあ確かに、お古と言えばそうなるのかな。

「しかし、まさか爺ちゃんが現妖精王と繋がっていたとはな……」

実はリーフが俺についた時、「これで爺ちゃんとの差が埋まる！」と思って喜んでいたんだけど、流石爺ちゃん、俺の一歩先を行ってた。現妖精王も【原初魔法】が使えるとリーフが言っていたし、爺ちゃんも使えるのだろうな。

「ねぇ、主様。魔法はいつから教えたら良いの？」

「そうだな、今日は色々あって疲れてるから、明日から頼めるか？」

そう言うと、リーフは「いいよ～」と元気良く返事をした。それから彼女は一度家に帰ると言って姿を消した。

「一日、特に何かした訳じゃないけど、精神的に疲れたな……」

俺はそう呟いてベッドに横になると、すぐに眠りにつくのだった。

第15話　リーフちゃんの魔法特訓

翌日、朝早くにリーフに起こされた。

まだ眠たいな。目を開けてチラっと窓を見ると――いや今、何時だよ。外は真っ暗だぞ？

「ほらっ、主様！　早く起きてって。特訓するんでしょ！」

「リーフ、早すぎじゃないのか？　太陽出てないぞ？」

「その内出てくるから、ほらっ！」

小さな手で俺の前髪を引っ張ってくるリーフ。

俺は仕方なく体を起こした。そしてもう一度確認のために窓を見たが――やはり真っ暗だった。

「とりあえず着替えてくるから、リーフは待っててくれ」

「は～い！　早く戻ってきてよね。沢山教えるために、家に帰って色々と調べてきたんだから」

嬉しそうにそう言って、フンスッと鼻息を立てるリーフ。

そんな彼女を横目に、俺は別室に移動した。それから顔を洗い、歯を磨いて、汚れてもいい服に着替えて部屋に戻ってくる。


その後、俺はリーフを連れて、特訓に適した山へ移動してきた。

「それじゃ、まずは主様の力を見せて」

「了解。【原初魔法】は使えないから、普通の【属性魔法】を見せるからな」

そう言って俺は、自分が得意とする魔法を見せていった。

途中途中で褒められたり、もう少しこうしたら良いんじゃないかなというアドバイスをもらったりする。

「で、どうだ。俺の魔法の腕は？」

「う〜ん、お母さんの魔法を見てたから凄いとは思えないけど、まあまあだと思うよ？　人間で、それも子供の主様で、それだけ使えたら十分だと思う」

「比べる相手が妖精王って……」

爺ちゃんでも比べられたら嫌なのに、その上の存在と比べられたら、太刀打ちできるはずもないだろ……

まあ、そんなこんなで俺の魔法の力を見たリーフは、現段階で修正するべき箇所を、的確にアドバイスしてくれた。しかし、妖精族ってこんなに魔法に詳しいものなのか？

「なあ、リーフ。どうして魔法に詳しいんだ？」

「分かんない」

「えっ？」

「だって、妖精界じゃ私いっつも一人だったから、他の妖精が魔法に詳しいのかどうかなんて知らないんだよ」

……そういえば、リーフって強すぎるのが災《わざわ》いして、妖精界じゃ他の妖精から距離を置かれていたんだった。

「すまん、変な事聞いて……」

それから俺はリーフが教えてくれるアドバイスを集中して聞くのだった。

グ～。

「んっ？　今のリーフか？」

魔法の特訓を開始して数時間が経ち、辺りも大分明るくなってきた頃、腹の虫が鳴く音が聞こえてきた。音のした方にチラッと視線を向けると、先程まで元気良く飛んでいたリーフがダラ～ッとしている。

「お腹減ったぁ～」

「ふふ。まあ、朝から何も食べずに魔法の特訓してたからな。一旦家に帰って飯を食べるか」

「うん！」

俺の提案にリーフはすぐに反応した。

魔法で地形が崩れた所をちゃんと修繕してから家に帰宅する。食堂に向かい、朝食兼昼食を食べる。食後、魔法の特訓に戻ろうかとリーフの方を見ると――

「……まあ、そうだろうな。あんな朝早く来たって事は、リーフもあまり寝てないんだな」

先程まで食事をしていたリーフは、お腹いっぱいになったせいか、気持ちよさそうに眠っていた。

俺はリーフを起こさないように手で包み、自室に移動する。そして俺のベッドに寝かせ、俺はソファーに座った。

じゃあ、久しぶりに本でも読もうかな。

「ん～……アレ、何で私ベッドで寝てるの⁉」

数時間が経ち、太陽が沈みかけた頃、リーフは起きた。

「おはようリーフ。食後寝ちゃったから、そのまま寝させていたんだよ」

「えぇッ！　魔法の特訓は⁉」

「朝にみっちりやったから問題ないよ。まだ時間は沢山あるんだし、焦らなくてもいいんだぞ？」

それでもリーフは俺の時間を無駄にした事に責任を感じているようで、凄く落ち込んだ様子だった。

別に気にしなくても良いのにな。

俺は、落ち込んでいるリーフの頭を、チョンッと小突く。

「ほらっ、そんな辛気《しんき》くさい顔するなって」

「ふぇ⁉」

リーフは素直で可愛げがあるのに、他の妖精から距離を置かれてしまうなんて不思議だな。

「リーフが頑張ってくれてるって事は、今日で十分分かった。だが、無理はしなくても良いんだ。そもそも、俺が教えてもらってる方なんだからな」

「でも……」

「大会は明日明後日って訳じゃない。二ヵ月近くも猶予《ゆうよ》があるのに、焦っても意味がないだろ？」

そう言ってリーフを宥めてやった。

リーフは自分の頬をパチンッと叩くと笑みを見せる。

「うんっ。ごめんね主様。明日から、気を楽にして魔法を教えるね」

「ああ、頼むよリーフ」

その後、そろそろ起きているのに限界を感じた俺は、リーフに場所を代わってとお願いし、ベッドに横になるのだった。

◇ ◇ ◇

翌日からリーフの特訓は、夕方からする事になった。その時間帯なら学園が終わった後でもできるので、俺としても助かるんだよな。

「主様……魔法が上達するの、早すぎない？」

「そうか？　普通だと思うんだが……」

「リーフもそう思うじゃろ？　じゃから、アキトに魔法を教えるのは楽しいんじゃ」

リーフが俺の所に来て数日経ち、家を出ていた爺ちゃんが帰ってきた。

爺ちゃんは旅先で妖精王から連絡をもらい、妖精王の娘のリーフが俺のもとにいると知って駆けつけてくれたとの事。

「主様に今教えているところ、私の中じゃ一週間かけてやる予定だったんだよ？　なのに、もうできてるでしょ」

「うん。まあ、リーフの教え方が上手いからじゃないの？」

「そんな訳ないでしょ！　他人に教えるなんて初めてなのよ？　主様と出会うまでは、一人で本を読んでいただけなんだから」

何故かリーフは胸を張って言う。

いやでも、実際にリーフの教え方は丁寧で分かりやすいんだよな。

これまで魔法に関しては、爺ちゃん、父さん、学園の先生から教わってきたが、リーフの教え方が抜群に分かりやすい。

「ふむ、儂もアキトの意見には同意じゃな、リーフの教え方は分かりやすいと思うぞ？」

「えっ？　そ、そんなに私の教え方って上手いの？」

「あぁ、学園の先生よりも上手いぞ」

俺が褒めると、リーフは分かりやすく照れた表情をした。

この数日で大分リーフの事が分かってきたけど、リーフは顔に出やすいんだよな。嬉しい時、悲しい時、喜んだ時、怒った時、楽しい時、リーフはコロコロと表情を変える。体全体の動きもそうで、その時の気分で飛び回ったり、座ったり、踊ったりする。

そんなリーフは、俺と爺ちゃんから褒められたのが余程嬉しかったのか、ニコニコしながら飛び回っていた。

「っと、そろそろ夕飯だな、地形を戻して家に帰るか」

辺りが暗くなってきたので、俺はそう言って、魔法の特訓でボコボコになった地形を戻した。


帰宅後、夕食を食べた俺はすぐに風呂に入りに行った。

「アキト入ってたんだ。一緒に入っても良いかな？」

湯船に浸かってボケーッとしていると、エリク兄さんが声をかけてくる。

兄さんは体を洗って湯船に入ってきた。

「何だかアキトとこうしてゆっくりするのも、久しぶりな感じがするね」

「そうだね。最近、空いてる時間はずっと魔法の特訓ばかりしてるから、兄さん達との時間がないもんね」

「うん。そのせいで、アミリスと母さんがウズウズしてたよ。そろそろ爆発する頃だから、そうなる前に一日時間を作ってあげた方が良いよ」

確かに最近、母さんや姉さんと話してなかったな……ちゃんと時間を作っておかないと、また母さんがあのモードに入ったら大変だ。

「忠告ありがとう、兄さん。できるだけ早めに母さん達と遊ぶ日を作るよ」

「うん、その方が良いよ」

それから兄さんと他愛もない話をして、風呂から上がった俺は自室に戻った。ソファーに座り、読みかけの本を異空間から取り出す。

暫く読書していると、突然声がかかる。

「アキトッ！」

「ッ！　レ、レオンか、驚かすなよな……本、落としただろ……」

落とした本を拾いつつ言うと、レオンが肩を竦める。

「何度も呼んだのに、全く気が付かなかったのはアキトだろ」

「そ、そうなのか？」

「ああ。肩を揺らしても向かなかったから大声出したんだよ。ったく、お前のその集中力、異常だろ」

「本が好きなんだよ、特に物語はな。それで何の用だ？」

するとレオンは異空間から紙の束を取り出す。

「これが大会に出るメンバー表だ。参加者をどう制限すべきか、エマ達が困っていたんだよ。とりあえずアキトが楽しむためという事だから、アキトの関係者だけにしてある」

「そっか。確かに言ってなかったな」

そう言いながら資料を見てみると、なかなか腕っぷしに自信がありそうな奴らが揃っていた。このメンバーと戦えるとは、面白い大会になりそうだ。

「まあ、来たのはこれが理由だ。後はこの数日間でアキトがどれだけ強くなったか確認したかったが……かなり鍛えてるな。前に会った時と比べて、魔力が凄い事になってるぞ？　そんなに良い狩場があったのか？」

「そうか？　レベル上げはしてないんだけどな。してるのは魔法の練習だけだよ」

「そ、そうなのか？　それにしても……って、ちょっと待てアキト。お前のその頭に乗っているのは……」

突然レオンが驚いた顔をして、俺の頭を指差す。

頭に意識を向けると、今更ながらリーフがいる事に気付いた。リーフは最近、俺の頭を定位置としてるのだ。

「いたのか、リーフ」

「うん、主様がお風呂から上がってきた時からずっとね。一緒に本を読んでた」

リーフが俺の頭から下りる。

レオンは口を開けたまま固まっていた。あっ、そうか。最近、レオン達に会ってなかったから忘れてたけど、リーフを紹介してないんだったな。

「レオン、こいつは妖精族のリーフだ」

「よろしく～」

リーフが軽い感じで挨拶すると、レオンが正気に戻って声を上げる。

「ああ、よろしく……って、そうじゃねぇよ！　アキト、お前いつの間に妖精族を使役したんだよ！」

「この間、神様に紹介されて」

「はぁ⁉」

その後、レオンに「詳しく教えろ！」と迫られた俺は、アルティメシス様からリーフを紹介されたところから、経緯を説明していった。

ついでにリーフが次期妖精王という事も話したら、レオンは腰を抜かしそうになっていた。

「妖精から気に入られるとか、マジでお前おかしいだろ……たった数日の間で、そりゃそれだけ強くなるわ……」

「そんなに変わったか？　そういえば、リーフに特訓してもらってからステータス見てなかったな……」

俺はステータスを確認する。

名　前：アキト・フォン・クローウェン
年　齢：6
種　族：クォーターエルフ
身　分：王族　公爵
性　別：男

属性　：全
レベル：98
筋力　：5914
魔力　：12876
敏捷　：5314
　運　：78
スキル：【鑑定：MAX】【剣術：MAX】【身体能力強化：MAX】
【気配察知：MAX】【全属性魔法：MAX】【魔法強化：MAX】
【無詠唱：MAX】【念力：MAX】【魔力探知：MAX】
【瞑想：MAX】【威圧：MAX】【指揮：MAX】
【付与術：MAX】【偽装：MAX】【信仰心：MAX】
【錬金術：MAX】【調理：MAX】【手芸：MAX】
【使役術：MAX】【技能譲渡：MAX】【念話：MAX】
【木材加工：2】
固有能力：【超成長】【魔導の才】【武道の才】
【全言語】【図書館EX】【技能取得率上昇】
【原初魔法】

称　号　：努力者　勉強家　従魔使い
　　　　　魔導士　戦士　信仰者
　　　　　料理人　妖精の友
加　護　：フィーリアの加護　アルティメシスの加護　アルナの加護

「へっ？　な、何で魔力が２０００以上も増えてんだ⁉」

特訓を開始して、まだ一週間くらいしか経っていないぞ？

「は？　そんなに上がってるのか⁉」

「ああ。俺も今気が付いた。リーフはこの事知ってたのか？」

「んっ？　うん。だって、そうなるようにしたんだもん」

そう言ったリーフに、レオンが「詳しく教えてくれ！」とせがむ。

リーフによると、元々魔力量が多かった俺は、魔力量に頼った魔法の使い方をしていたらしい。

別にそれ自体悪い訳ではないのだが、それでは特訓の効率が悪いという。なのでこの数日間、リーフはその使い方を改めさせていたようだ。

おかげで、これまでとは比べ物にはならない程のスピードで魔力が上がった。

「主様は、主神様の加護を持っているのに能力値の上り幅が少ないって思わなかったの？」

「い、いや、別に思わなかったぞ……」

「でも、同じ加護を持ってる主様のお爺ちゃんの方が伸び率が良かったよね？」

「あ……」

爺ちゃんのテータスの上がり方はおかしいと思っていたが、俺の効率が悪かったのか……

「ま、まあ、早い内に気が付けて良かったよ……ありがとう、リーフ」

「どういたしまして～」

リーフは俺の言葉に嬉しそうに返事をした。

俺の成長具合を見たレオンは、早く特訓に戻りたくなったようで、逃げるように帰っていった。

その後、俺とリーフは再び本を読み始めた。

「あっ、そうだリーフ」

「何、主様？」

「明日の特訓が終わった後、数日ちょっと休んでも良いか？　母さん達が俺との時間がなくて爆発しそうだって、兄さんに教えてもらったから、家族の時間を作りたいんだ」

リーフは顔を上げると、頷いて言う。

「んっ、了解。なら、私も妖精界に戻って、お母さんに魔法の事を聞いてくるね。次の特訓はいつにする？」

「そうだな。次に学園が休みになるのが三日後だから、三日後からまたお願いできるか？」

「分かった。それじゃ、その日まで妖精界にいるね。何かあったら【念話】飛ばしてくれたら反応する」

リーフはそう言って、本へ顔を戻した。

俺もリーフと同じように、本の世界に戻るのだった。

第16話　母との時間、特訓再開

家族との時間確保のために、魔法の特訓を休む事にした。

母さんにそう告げると、母さんはニコッと笑顔になり、勢いよく抱き着いてきた。普段だったら頭を撫でる程度だが、既に母さんの限界は近い様子だった。

……兄さんが言っていた通りだったな。危ない危ない。

「ねぇ、アキト。アキトに時間ができたら、一緒やりたい事があったの」

翌日、学校が終わり帰宅すると、母さんからそう言われた。そうして母さんに導かれるままに一階の厨房に移動してきた。

どうしてここなんだ？　母さんって料理できたっけ？

「その顔、私が料理できないって思ってるでしょ？　これでも学生時代は家庭科部で料理の腕を磨いてたのよ？」

「あ～、だから母さんって編み物も得意なの？」

「そうそう。学生時代にハマっちゃって、今でも趣味の一つとして続けているのよ。それにおやつで出てくるお菓子、偶に私が作っている時もあるのよ？」

「えっ、マジで⁉」

俺が驚いていると、母さんは「うふふ」と可愛らしく笑った。

それから俺と母さんは、お菓子作りの準備を始めた。

「お菓子か……俺、作った事ないよ？　邪魔にならない？」

「大丈夫。簡単なレシピだから、アキトでもできるわよ。それに、アキトと一緒に作りたいのよ」

不安げにする俺に、母さんは優しくそう言った。

母さんは、慣れない作業に戸惑う俺に、お菓子作りの基礎を丁寧に教えてくれた。


「わ～、良い匂いがする～」

一時間程でお菓子が完成した。美味しそうな匂いが部屋の外までしていたみたいで、匂いに釣られて、姉さんがやって来た。姉さんはクンクンと匂いを嗅ぎながら厨房へと入ってきて、でき上がったばかりのクッキーの前で目を輝かせる。

俺は姉さんに声をかける。

「姉さん、良かったら味見してくれないかな？　母さんと一緒に作ったけど、初めて作ったから味が心配なんだ」

「えっ！　アキトちゃんが作ったの!?」

「ええ、そうよ。アミリス、最初に味見してくれないかしら？」

「うん、やる！」

姉さんはそう言ってクッキーを一枚摘《つま》み、勢いよく口に運んだ。そして満面の笑みで俺の方を向く。

「とっても美味しいよ、アキトちゃん」

姉さんはそう言うと、すぐにもう一枚食べた。

それから母さんは、クッキーを袋に小分けして入れてくれた。


その日の夕食の際、食後のデザートとして俺と母さんが作ったクッキーが出された。何故か姉さんが自慢げに「アキトが作ったクッキーなのよ」と父さん達に教えていた。

「へぇ～、アキトは料理のセンスもあったんだな」

「凄いな、アキト～」

父さんはクッキーを美味しそうに食べながら褒めてきて、兄さんは俺の頭を撫でながら褒めてくれた。

ここまで喜ばれると、作った甲斐があったな。でもこうなると、もっと美味しい料理を食べさせてやりたい気持ちにもなる。

母さんとのお菓子作りで新たな野望が芽生えた俺は、【図書館ＥＸ】でお菓子関連の本を読み漁るのだった。

◇◇◇

数日が経ち、特訓再開の日となった。

前日、父さんに「魔法の特訓で二日間いないから」と言って家を出てきた俺は、リーフとともにチルド村付近の森に来ていた。

「それじゃ主様。特訓再開って事で今回は、ここの森の魔物を狩って、今の自分の力を確認してみましょう」

「ふむ。確かにずっと特訓ばかりしていたから、自分の力がどのくらいなのか、把握していないんだよな。了解。魔物狩りをするとして、何か制限とかあるのか？」

「特にないけど、敵の感知は基本しておいてね。ここの森の魔物はそれ程強くないんだけど、私もちょくちょく魔法を飛ばすから、回避するか相殺してね」

そう言ってリーフは、森の奥へ消えていった。

成程な。リーフはなかなか面白そうな特訓方法を考えてきてくれたな。良い指導者に巡り合ったよ。

俺も森の中へ入っていく。出てくる下位の魔物を倒しながら進んでいったが、リーフの言った通り、出てくるのは弱い魔物しかいない。

「グギャッ！　グギャッ！」

「うるさいっ」

「ギャッ」

下位の魔物は知能が低く、俺がどれだけ強い奴かも分からず襲ってくる。そんな敵の攻撃は怖くないのだが、合間を縫ってリーフが魔法を放ってくる。

ただでさえ妖精族の中でトップクラスな魔法使いのリーフ。この数日間で俺のために妖精王から指導してもらい、更に魔法の腕を上げてきたみたいだ。

「リーフの魔法があるだけで、本当に良い訓練に様変わりだよ……」

リーフは【属性魔法】と同じ頻度で【原初魔法】を使ってくる。なお、動物が暮らしている森なので、地形破壊系の魔法は使用してこない。だが、枝がいきなり攻撃してきたりと、予測できない魔法ばかりだ。

流石、次期妖精王の資格を持ってるだけあるな。これで全力じゃないってのが凄いよ。

「っしゃ、ドンドンいくぞ！」

俺はそう意気込み、魔法と魔物に対処するのだった。


この特訓を経て、俺の魔力の使い方が大分改善された。おかげで魔力の消耗が減り、魔法のコントロール力まで向上した。更にリーフの魔法を見せてもらった事で色々な閃《ひらめ》きが得られ、より高度な魔法が使えるようになった。

リーフが呆れたように言う。

「うん、やっぱり主様って化け物ね。こんな短期間でここまで変わる人っていないよ」

「リーフ、それ褒めてないからな？」

まあ内心ではリーフと同じく、短期間でここまで変わったとか、俺化け物じゃん……と思っている。

「流石、主神様や生命神達から加護をもらってるだけあるよね。こんなおかしな六歳児、主様だけだよ」

「まあ、そこは否定しないな。転生者でもここまでのはいないって、主神様から言われたから」

ちなみに、リーフは俺が転生者という事を知っている。アルティメシス様経由で知り合っているので、当然と言えば当然だけど。なお、紹介される際に俺のガチャ結果も見ていて、その時は「運も化け物ね」と言っていた。

「よくこれで家族に転生者だって事、バレてないよね。まあ、主様の家族全員が主様に甘すぎるってのが原因だと思うけど」

「ああ、仲が良い家庭で良かったよ。俺の家族ならバレても受け入れてくれそうだけど、やっぱり変な奴とは思われたくないな。だから隠せる限り隠そうと思う」

「隠す気はあったんだ。てっきり気付いてもらうために、派手にやってるんだと思ってたよ」

まあ、そう思われても仕方ないか。

振り返ってみると、二度の戦争を止め、五歳で学園に通い、チルド村を国一番の村にしてしまった訳だし。

チルド村はそろそろ、〝村〟って呼ぶには、大きくなりすぎたな。今度、改名の提案をするとしよう。

それから俺はリーフから魔法の使い方に対してアドバイスをもらい、特訓を続けるのだった。

山に用意した小屋に行き、風呂に入る。

「はぁ～いい湯だった……って、爺ちゃん、来てたんだ？」

風呂から上がってリビングに来ると、爺ちゃんがいた。

「うむ、用事が終わったからのう。アキトの成長は近くで見ておきたいんじゃ」

ふむ、まあ俺にとって最初の師は爺ちゃんだし、そういう思いも分からんでもないかな。

午後は、爺ちゃんも加えての特訓になった。

リーフは俺の力がどれ程が確認したとの事で、それに合わせて午後の特訓メニューを考えてくれたらしい。

「で、内容がコレなのか？」

「うん。主様の魔力の使い方はもう完璧だから、次の工程に移ろうかなって」

俺はリーフに指示されるままに、全属性の魔力の球を作り出した。そして自分の周囲に円を描くように展開する。

更にその球をゆっくりと移動させ、一定の速度と大きさに保ち続けた。

「見た目以上にきつそうじゃのう。どれ、儂もやってみようかのう」

爺ちゃんはそう言って、俺と同じように魔法を展開する。

俺と同じく全属性が使える爺ちゃんだけど、展開するところまでは余裕でいけるものの、移動させると軸がズレて魔法を消滅させてしまう。

「むっ、意外と難しいの……」

「爺ちゃん、多分これ得意じゃないよ。一つひとつの球のキープ力とか結構いるから、派手な魔法が好きな爺ちゃんには向いていないと思う」

「うむ。アキトの言う通りじゃ。ところでリーフよ、これはどういった特訓なんじゃ？」

「えっ？　全属性の展開と、相性が悪い属性同士の複合魔法を鍛える特訓だよ。【属性魔法】って全属性として統一されると、それだけで複合魔法が強化されるんだけど……更に上を目指すなら、こうして全ての属性を一定に出せる訓練をするのが一番なのよ」

「ふむ……確かに言われてみればそうじゃな」

リーフの説明に爺ちゃんは納得したようで、再び俺と同じように魔法を展開する。

ああ、魔法の威力が上がると考えたんだろう。こうなると、爺ちゃんは意地でも会得《えとく》するんだよな。俺の特訓だった筈が、爺ちゃんのためのものになりそうだよ。

折角、爺ちゃんとの差を埋められるチャンスだと思ったのに。く、くそう……こうなりゃ、爺ちゃん以上に頑張るぞッ！

負けてられないと思った俺は、一気に魔力を上げて負荷を上げた。

「ちょっ、主様。それは、上げすぎじゃない!?」

「だ、大丈夫。これでもコントロール力には自信あるからな……」

くっ……さ、流石に上げすぎたな。だけど、これくらいしないと爺ちゃんとの差は一向に埋まらない。

弱音を吐きそうになったが、負けたくない一心で、魔法の球をキープし続ける。

その日、俺は最後まで球をキープするのだった。

◇　◇　◇

翌日、前日と同じ要領で魔法を展開してみると――何となくだが簡単に感じた。

「むっ、アキト、昨日の今日でもう壁を越えたのか？」

「そうみたいだね。爺ちゃんに負けたくない一心でやってみたら、上手くいったよ」

「むむむ……」

「本当に主様って、凄いね」

俺が成長した事に爺ちゃんは悔しがり、リーフは感心していた。

午前中は昨日と同じ訓練を続けた。昼食の時間になり、買い置きしておいた飯をみんなで食べながら会話する。リーフが悔しそうに言う。

「主様の成長速度は、本当に化け物並みね。折角、主様が苦しむような特訓内容を考えてきたのに……」

「魔法の特訓なのに、俺を苦しませようとするなよ！」

「だって主様ったら、私が考えてきた特訓メニューをすぐにクリアしちゃうんだもん」

リーフが嘆くように言うと、爺ちゃんがそれに賛同する。

「その気持ち分かるぞ、リーフよ。儂もアキトに魔法を教えていた時、突破できないじゃろうというギリギリの難題を課していたんじゃが……数時間もすれば、ケロッとした表情でクリアしておったからのぅ」

それから二人は何故か、俺が苦しませる方法を話し合い始める。

二人の話を聞いていると――「……ダンジョン地下深くで魔物千体狩れるまで帰らせないようにしよう」という内容が聞こえてきた。

別にできない事もないだろうけど、流石に千はキツいよ。

うむ。これは、特訓をすぐに終わらせないようにして引き延ばそう。そう心の中で誓った俺だった。

第17話　化け物達の会合

「ほらほらっ、主様！　避けて避けて！」

「ほれほれ～、アキトっ！　避けるんじゃよ～！」

「クッソ、この化け物がぁぁぁ！」

何故俺が、【原初魔法】を放つリーフと爺ちゃんに追われているのか。それは、この日の朝食時に話は戻る。

特訓三日目、朝食を食べていると、爺ちゃんからとんでもない提案をされた。

「……えっと今、何て？」

「んっ？　じゃから、今日は儂とリーフでアキトを魔法で追うから、アキトは逃げるんじゃよ」

俺は、持っていたパンをポトッと落としてしまった。

いやいや、待て待て待てぃッ！　リーフと爺ちゃんから、追いかけ回されるって俺はどんな重罪を犯したんだよッ！

「俺、何か悪い事した？」

純粋にそう聞いたが、二人は普通に特訓のためと言う。

嫌な予感しかない俺は逃げようとしたものの捕まってしまい、地獄《じごく》の鬼ごっこが始まったのだった。

「って、回想してる場合じゃねぇよッ！」

そう叫びつつ、リーフが放ってきた魔法をギリギリで避けた俺は、転移魔法で距離を取る。

マジでどうするこの状況……あの二人から逃げ続けるのって、キツすぎるんだけど！

どうしようどうしようと悩んでいた俺だったが、ふと考えるのをやめた。

もういいや、逃げるのはやめて戦おう。爺ちゃんも言ってたんだよな。逃げるのに飽きたら、戦っても良いよって。

俺は立ち止まって振り向くと、爺ちゃん達に顔を向ける。

「ふむ……儂らと戦うのを選んだのじゃな」

「逃げるのに飽きたからね」

「主様、やる気十分だね〜。でもこっちは二人だけど大丈夫？」

「ああ。相手がリーフと爺ちゃんじゃ、どのみち一対一でも勝てる訳ないんだ。それなら更に厳しい状況に持っていって、何処までやれるか試したいんだよ」

俺がそう言って【原初魔法】を放つと、二人も【原初魔法】で応戦する。

そんな派手な攻防が始まった。

魔力量に加え、魔法の精度も格上の爺ちゃんとリーフ。二人からの魔法に俺は、一方的に押されてしまう。

「クッソッ！　この化け物どもがッ！」

「それを言うのじゃったら、これ程の魔法を扱っているアキトの方が化け物じゃよ。のう、リーフよ？」

「お爺ちゃんの言う通り、主様のが化け物レベルで言えば上だよ！」

「うるさいッ！　現状、強さ的なレベルで言えば、爺ちゃん達のが化け物だろッ！」

互いに「化け物」と言い合いながら魔法を撃ち合う。

しかし、向こうの方がやはり格上だ。俺の方に流れてくる魔法の量が徐々に増えてくる。

どうするッ？　このままじゃやられてしまうぞ!?　折角戦いを選んだのに、呆気なく負けるのか……

負け確イベント……そう思った瞬間、俺の中で何かがプッツリと切れた。

ああ、もういいや。特攻しよう！

「ぬっ、アキト。守るのをやめたのか？」

「ね、ねぇ、お爺ちゃん。主様の様子、変じゃない？」

「む？」

「……特攻じゃぁぁぁぁッ!!」

「ッ！」」

俺はそう叫びながら、自分の体に【身体強化】を施し、風の力を使って突撃した。

一瞬で目の前に近づいてきた俺に対し、二人は当惑を見せる。まさか防御を捨てて突っ込んでくるとは思ってなかったようだな。

俺はその隙を見逃さず、爺ちゃんとリーフの間に入り込む。そして父直伝、【爆裂魔法】を地面に放った。

分断される爺ちゃんとリーフ。

「やるのう、アキトよ！」

「流石主様。でも、私達を離れさせても意味ないんじゃない？」

「ははっ、そうでもないぞ？　同じ方向から撃ってこられていたから厳しかったけど、二手に分かれたら威力は半減する。そもそも爺ちゃんとリーフは連携が得意じゃないだろ？」

　俺はそう言って、リーフへ攻撃を仕掛けた。

　いきなり俺に接近されたリーフは驚き、距離を取る。しかし、そこへ爺ちゃんは魔法を放ち、危うくリーフに当たりそうになった。

「考えた通りだったな！　爺ちゃんは連携なんて殆どしない戦闘狂、リーフはついこの間までぼっちだった妖精。そんな二人に連携は無理だと思ったんだよ！」

「ほう、言ってくれるのう、アキトよ！」

「主様、気にしてる事を言ってくれたわね！」

　ゴゴゴッ！　と背景に文字が出そうなくらい、怒りのオーラを出す爺ちゃんとリーフ。

　よしっ、挑発に乗ったな！　これで更に連携は無理になるだろう。


「へいへいへ～い！　こっちだよ～！」

「ぐぬぬ……ちょこまかと動きおって！」

「ちょっ、お爺ちゃん！　私の魔法を相殺しないでよ！」

「仕方なかろう！　アキトがそっちに行ったんじゃ！」

その後も、俺はリーフと爺ちゃんを挑発しながら、得意の短距離転移魔法で攻撃を避け続けていた。爺ちゃんとリーフは互いの魔法をぶつけ合って、イライラゲージを随分と溜めている。

攻撃極振りの爺ちゃんと、実戦経験がほぼないリーフ。連携する気がない二人の魔法を相殺させるくらい簡単だ。

「はぁ、はぁ……簡単といっても、当たったらほぼ死のクソゲーだからな……魔力の消費がヤバい……」

魔力総量で言えば向こうのが上だ。こちらから決定打となる攻撃を仕掛けない限りは、負けてしまうだろう。

思考しながら、化け物二人から逃げ続ける俺。

次第に、頭の回転が速くなっている事に気が付く。ステータスを確認するとスキル欄に【並列思考】というスキルが追加されていた。

「何か地味なスキルが手に入ったなッ！」

いつの間にか、爺ちゃんとリーフは合流していた。

最悪の状況だ。

そろそろ逃げるのが困難になってきたが、今更謝ったところで二人はやめてくれないだろうな。

「……よしっ、自爆するか」

逃げるのは無理だと判断した俺は——〝自爆〟する事にした。

当たって砕けろ！

二人が俺の変化に気付く。

「ちょっ、お爺ちゃん！　主様、何かヤバいよ⁉」

「ッ！　あ、アキトの奴、逃げるのが面倒になって自爆するつもりじゃッ！　近づけさせないように魔法を撃ち続けるんじゃッ！」

「分かった！　って、主様を狙い切れないよ⁉　何、あの変則的な短距離転移魔法⁉」

「アキトは、短距離転移魔法が一番得意なんじゃ！　感知能力も高いから、範囲攻撃するんじゃ！」

爺ちゃんとリーフ、少しできていた連携が一瞬にして崩れたな。

俺はその隙を突いて急接近する。

「爺ちゃん、リーフ。さんざん追いかけ回してくれてありがとう。この特訓で大分鍛えられたよ」

「あ、アキト。その笑顔は……」

「あ、主様？　は、話し合いましょ？」

「ふふふ……シネエエエエッ‼」

ニコニコとしながら、俺は叫んだ。

すると俺の放った全属性魔法が収束していき、一気に爆発した。

恐怖の鬼ごっこは、俺の自爆特攻にて終わった。

まあ、自爆といっても本当に自爆した訳じゃない。自分も避けられないような近距離で、魔法を炸裂させたのだ。

「もうアキトを不用意に追いかけ回さん……後が怖すぎる……」

「私も、酷い目に遭ったわ……」

ちなみに、自爆特攻した側である俺は、その寸前で自分を守っていたので無傷。一方、爺ちゃんとリーフは盛大に吹っ飛んで、泥だらけになっていた。

俺は二人に向かって言う。

「普通の特訓ならちゃんと受けるよ？　でも流石に今回のは酷いでしょ？　俺だったから生きてるけど、化け物に追いかけ回されて生き残れるのなんて、本当に限られた人しかいないからね？」

「だって、アキトはこのくらいしないと、特訓にならなそうじゃったし……」

「主様、覚えるの早すぎなんだもん。なら、実戦的な訓練のが良いと思って……」

爺ちゃんとリーフは、俺の言い分に拗ねたように返答した。

その後、流石に疲れた俺達は山の拠点へ戻ってきた。

「はぁ～、疲れたぁ……」

半日程度だったが化け物二体に追いかけ回されると、精神的にも肉体的にも疲労感が半端ない。

もしかして能力値も伸びてるんじゃないか？

そう思った俺は、ソファーに横になったままステータスを確認する。

名　前：アキト・フォン・クローウェン
年　齢：6
種　族：クォーターエルフ
身　分：王族　公爵
性　別：男
属　性：全
レベル：98
筋　力：5914
魔　力：13689
敏　捷：6415
　運　：78
スキル：【鑑定：MAX】【剣術：MAX】【身体能力強化：MAX】
【気配察知：MAX】【全属性魔法：MAX】【魔法強化：MAX】
【無詠唱：MAX】【念力：MAX】【魔力探知：MAX】
【瞑想：MAX】【威圧：MAX】【指揮：MAX】

【付与術：ＭＡＸ】【偽装：ＭＡＸ】【信仰心：ＭＡＸ】
【錬金術：ＭＡＸ】【調理：ＭＡＸ】【手芸：ＭＡＸ】
【使役術：ＭＡＸ】【技能譲渡：ＭＡＸ】【念話：ＭＡＸ】
【木材加工：２】【並列思考：３】
固有能力：【超成長】【魔導の才】【武道の才】
【全言語】【図書館ＥＸ】【技能取得率上昇】
【原初魔法】
称　号　：努力者　勉強家　従魔使い
魔導士　戦士　信仰者
料理人　妖精の友
加　護　：フィーリアの加護　アルティメシスの加護　アルナの加護

「おぉ、やっぱり上がってたか。というか、本当に魔力の能力値の伸び率が半端ないな……たった半日で約１０００も上がるって」

このままいけば普通に爺ちゃんを超すんじゃないか？　そう思ったがリーフ曰く――

「ちゃんとした訓練をしてなかった分の貯金が、今一気に来てるだけだから、何処かで止まると思うよ？」

との事。とはいえ、現状この伸び方だから自分自身でも困惑している。

「この調子だと、レオンにまた驚かれるだろうな……」

ともかく恐怖の鬼ごっこ事件から、特訓の内容は話し合いで決めるようになったのだった。

◇　◇　◇

「……アキト、本当に六歳児か？　成長が早いと言われておるエルフ族の血が流れているとはいえ、その早さはおかしいんじゃないのか？」

「まあ、加護を三つもらってるし？　それに、こんなに良い環境で特訓してるからね」

鬼ごっこだけで1000程魔力が上がった俺。この短期間で更に能力値が上がっていて、既に魔力は15000を超えていた。

……まあ、俺の特訓と称して爺ちゃんと対戦する事が多かったので、爺ちゃん自身、魔力が25000を超えたと喜んでいたけどね。

「成長速度に関して言えば、爺ちゃんこそおかしいでしょ」

「ふむ、確かにのう。加護をもらってから、レベル上げをしなくても魔力が上がっておる。流石、主神様の加護じゃのう」

と、こんな風に普通の会話をしている俺と爺ちゃんだが――現在、現妖精王と次期妖精の最強タッグに追われていた。

「あははは～、久しぶりに魔法撃ちまくれて楽しいわぁ～！」

「お母さんはしゃぎすぎ～！」

俺と爺ちゃんを笑顔で追う妖精族の親子。

そう、恐怖の鬼ごっこ第二回が行われているのだ。というのも――


「初めまして、アキト君。私は、妖精王フレアと申します」

「は、初めまして！」

その日、いつものように特訓のために山を訪れた俺は、リーフの母であり妖精族のトップの妖精王、フレアさんに自己紹介された。

頭の上に乗れるくらい小さいリーフとは違い、フレアさんは普通の人間くらいの大きさだった。

リーフの説明によると、妖精族は力が強くなれば姿を変えられるらしい。普通の妖精族のサイズが今のリーフくらいだとして、人間の大人くらいまで自由に変えられるとの事。

「んっ？　という事は、リーフも大人バージョンになれるのか？」

「なれるよ。でも変身するのに力使っちゃうから、今日は無理かな～」

「えっ、別に少しくらい良くないか？　別に今日も普通の特訓だろ？」

「ううん、違うよ。今日は、特別なメニューにしようと思ってるの」

リーフからそう言われた俺は嫌な予感がして、フレアさんの方を見た。するとフレアさんは怖い笑みを浮かべる。

「ごめんね、アキト君。ちょっと楽しそうだなって、思っちゃったのよ」

俺がリーフの方へ顔を戻すと、リーフは今日行うという特訓内容を伝えてきたのだった。


「……ったく、爺ちゃんがあんな事をするから、二回目が行われてるんだよ！」

「仕方なかろう。あの時はリーフに乗せられたんじゃ！　じゃから、こうして儂も一緒に逃げておるんじゃろ！」

今日の特訓、それは妖精王フレアさんとその娘のリーフから逃げるというものだった。

前回と同じく突然だったが、今回はちゃんとした内容だとリーフは言っていて、前回の反省を踏まえて多少ルールを設けているらしい。

制限時間は三十分で、俺達が防御系魔法を使用するのは可。ただし攻撃は禁止で、リーフ曰く、敵からの攻撃の感知・対処の特訓との事。

「うふふ、リオン。ちょっと強くなったからって、孫に良い顔してたみたいだけど、まだまだね～」

「うるさいわ！　フレアが化け物なんじゃ！」

「あら？　私に向かって、そんな口を利いても良いのかしら？」

爺ちゃんに上から目線で言うフレアさん。この鬼ごっこが始まる前、妖精王の力を見せてもらったけど――爺ちゃんよりも遥かに強かった。

そんなフレアさんは爺ちゃんの方は視線を向けると、突如雷を落とした。ギリギリのところで爺ちゃんは避け、フレアさんに向かって抗議する。

「ッ！　今の危なかったぞ！」

「あら、そうかしら？　リオンが強くなったって息巻いてたから、このくらいは良いかなって思ったのだけれど？」

うん、化け物は化け物同士仲良く戦わせておくか。俺も俺でヤバいしな……

「ほらほら、主様！　ちゃんと逃げてね～！」

「ったく、こっちもこっちで色々とおかしいだろッ！」

前回とは違って、リーフは派手な魔法は使用していない。

その代わりに、地面から出てくる蔓《つる》や土魔法で作られた土の手など、なかなかに地味で感知がしにくい魔法を使ってくる。

クッソ。感知能力には自信あったのに、簡単には捉えさせてもらえないのかよッ！

「まだ始まって十分も経ってないよ。頑張ってね、主様～」

そう言って応援してくるリーフ。

でも、魔法の手を緩める気はないみたいだ。

その後も俺と爺ちゃんは、全力で化け物親子から逃げ続けた。

いつの間にかリーフとフレアさんは本気で魔法を撃ってきているから、さっきまで以上に俺と爺ちゃんは必死だ。

「リオン～」

「主様～」

こっちは回避するだけのクソゲーなのに、攻撃側は凄く楽しんでいるな。

「はぁっ、はぁっ……爺ちゃん、俺そろそろ魔力がヤバいよ」

「儂もじゃ！　フレアの魔法は火力が高いから、防御に割り当てる魔力量が半端ない。このままじゃ時間以内に負けてしまうぞ」

「負けたら、二回目があるって言ってたよね……」

「うむ。流石に一日に二度、この訓練は儂も厳しいぞ」

そう、この特訓、負けたらもう一度最初からやり直しだと言われていた。

こうなったら、苦手だなんだと言ってやってこなかったけど、爺ちゃんとの連携をやるしかない！

その考えに至った俺は、作戦会議のために全力で距離を取った。俺の意図を汲み取った爺ちゃんが不満げに言う。

「どうするのじゃ？　儂は、連携は得意じゃないぞと何処かの？」

「でもこんな状況で、苦手だからってやらずに負けるのは後悔するでしょ？　それなら、やって失敗して後悔した方が良いよ」

「ふむ、そうじゃな。アキトの言う通りじゃ」

爺ちゃんも納得してくれた。

話し合いの結果、魔力総量が多い爺ちゃんが防御魔法を展開して、感知能力が高い俺が魔法の感知担当をする事になった。

移動に関しては、足で逃げるより浮いた方が速いので、飛んで逃げる事にする。

「あら？　リオン達も連携するようね」

「そうみたい。でも、私とお母さんの連携に対処できるかな？」

一方、化け物親子の方は魔法の威力を上げてきた。

くっ、流石に親子なだけあって息がぴったしだな……だが、俺達だって祖父と孫だ！　血が通った者同士なのだ！

（爺ちゃんッ！）

（うむ！）

化け物からの魔法に素早く反応した俺は、【念話】を使って爺ちゃんに指示を出す。爺ちゃんは俺の指示通りに魔法を放ち、化け物達の魔法を回避する。

「ふっ、どうじゃ！　儂らだって連携できるんじゃよ！」

「一回成功しただけで調子に乗るのは悪い癖よ？」

フレアさんはそう言って、更に火力を上げた魔法を放ってきた。

ギリギリのところを突いてくる化け物達の魔法を避けつつ、俺と爺ちゃんは必死に逃げ続ける。


そうして、ようやく制限時間が終わりを迎えた。

これでもう逃げなくていいんだ――そう思った瞬間、俺は地面に横になって、起き上がれなくなってしまった。

爺ちゃんも同じように倒れている。

「ふぅーふぅー……」

「はぁーはぁー……」

「あら、一回で終わっちゃったわね」

俺と爺ちゃんを見下ろし、フレアさんは残念そうにしている。

あれだけの魔法を使っておいて、全く疲れてないってどんだけ化け物だよ！　爺ちゃんでさえこんなに疲労しているのに……流石妖精王だ。

その後、少し体力が戻った俺達は山の家に帰った。

すぐさま仮眠室で横になる俺。

「つ、疲れたぁ……」

「主様、大丈夫？」

ベッドに伏せていると、部屋の扉が開いてリーフが入ってきた。

「大丈夫じゃないな……って、フレアさんは？」

「お母さんなら、お爺ちゃんの所に行ったよ。久しぶりに会ったし、お話もしたいって言ってたから、二人だけにしたの」

「成程な。そういえば妖精王になってから、あまり会ってないって聞いたな……」

「今日は色々と都合が良くて、時間が取れたから来られたんだ。でも、普段はお仕事で忙しいから、私との時間もなかなか取れないんだよ」

「そうなのか。って事は、いずれリーフが妖精王になったら、頻繁に会えなくなるんだな」

契約してから、何だかんだリーフとはずっといる。いなくなったら寂しいなと、俺はふと思ってしまった。

リーフはニコッと笑顔を見せる。

「あれ、主様って、私と離れ離れになるのが嫌なの？」

「んっ？　普通に友達と疎遠《そえん》になるのは嫌じゃないか？」

「えっ⁉　あっ、そう？」

虚《きょ》を突かれたという感じでリーフは驚いた顔をするのだった。

◇　◇　◇

その後、フレアさんが妖精界に帰る時間になった。俺は爺ちゃんと一緒に見送りのために家の外に出た。

「それじゃ、またねリオン」

「うむ、フレアも頑張るのじゃ」

爺ちゃんとフレアさんは握手をした。続いてフレアさんは俺に向かって言う。

「アキト君もまたね。リーフの事は頼んだわ」

「はい、またいつでも来てください」

フレアさんは俺とも握手をすると、そのまま妖精界へ帰っていった。リーフもついでに家に物を取りに行くと言って帰った。

第18話　大会準備

魔法の特訓の日々は続き、春休みが迫ろうとしている。

当初は特訓ばかりしていたが、アリスが寂しがるので、一ヵ月過ぎた辺りから勉強会も復活させた。

それで〝特訓の日〟〝勉強の日〟と分けていたんだけど、更に〝家族の日〟というのも作って家族で過ごすようにもした。

「それにしても、主様って本当に成長早いよね。魔力の数値も15000突破したんでしょ？」

「ああ、この間のレベル上げで到達したよ」

リーフが行う魔法の特訓は実戦形式ではなく、基本的な魔力の使い方を叩き込むというもの。だが偶にレベル上げもしており、つい最近、俺のレベルは100を超えたのだ。

これが現段階のステータスだ。

名　前　：アキト・フォン・クローウェン

年　齢：6
種　族：クォーターエルフ
身　分：王族　公爵
性　別：男
属　性：全
レベル：114
筋　力：6479
魔　力：15004
敏　捷：6711
　運　：78
スキル：【鑑定：MAX】【剣術：MAX】【身体能力強化：MAX】
【気配察知：MAX】【全属性魔法：MAX】【魔法強化：MAX】
【無詠唱：MAX】【念力：MAX】【魔力探知：MAX】
【瞑想：MAX】【威圧：MAX】【指揮：MAX】
【付与術：MAX】【偽装：MAX】【信仰心：MAX】
【錬金術：MAX】【調理：MAX】【手芸：MAX】
【使役術：MAX】【技能譲渡：MAX】【念話：MAX】

【木材加工：2】【並列思考：MAX】
固有能力：【超成長】【魔導の才】【武道の才】
【全言語】【図書館EX】【技能取得率上昇】
【原初魔法】
称　号　：努力者　勉強家　従魔使い
魔導士　戦士　信仰者
料理人　妖精の友
加　護　：フィーリアの加護　アルティメシスの加護　アルナの加護

基本的に新しいスキルの取得は目指さず、能力面の強化のみ行ってきた。なので、鬼ごっこの時に手に入れた【並列思考】以外、新しいスキルは手に入れていない。

リーフが呆れたように言う。

「これで六歳児だもんね。主様、本当に色々とおかしいよね」

「自分でもそう思ってるところだよ」

魔力が10000以内の時は、おかしくないと思っていたが、流石にここまでになってくると、普通じゃないのは認めないといけない。周りのせいで感覚が麻痺《まひ》してたけど……

国一番の魔法使いで戦闘狂の爺ちゃん、神の生まれ変わりのローラ、次期妖精王のリーフ。何で俺の周りには、普通じゃない奴ばかり集まってくるんだろうな。

「類は友を呼ぶってやつなのかな……」

「何それ？」

「んっ、何でもないよ」

ポロリと零れた言葉に反応したリーフに俺はそう言い、今日も特訓を行うのだった。


特訓後、家に帰宅してきた俺は夕食のため食堂に向かう。

エリク兄さんから声をかけられる。

「……アキト、身長また伸びた？」

「えっ？」

「ちょっと、アキト。そこに立ってて」

「うん」

その場所に立ったままでいると、兄さんが背中合わせに並んだ。

母さんと父さんが言う。

「あら、本当ね。前まではエリクの胸辺りだったのに、もう首元まで身長が伸びてるわね」

「アキトは成長が早いな」

椅子に座っていたアミリス姉さんが、俺に羨ましそうな視線を向ける。

「良いな～。アキトちゃんはエルフ族の血が濃くて。私、ヒューマンの血が濃くてちっちゃいもん……」

「あら、アミリス、落ち込む事はないわよ。アキトやエリクは成長が早いだけで、アミリスだってちゃんと成長するわよ。お母さんもお婆ちゃんもちっちゃくないでしょ？」

「でも～……」

慰めてくれた母さんに、姉さんは泣きそうな顔で言う。

すると、婆ちゃんが姉さんの頭を優しく撫でる。

「アミリス。そう落ち込まなくてもいいのよ。アキトとエリクも成長速度が違うでしょ？　アミリスもきっと大きくなるわよ」

「お婆ちゃん……」

流石婆ちゃんだな、泣きそうになっていた姉さんを一発で宥めたよ。

その後、アミリス姉さんは笑顔に戻り、みんなで楽しく夕食を食べた。


「アキト、ちょっといいかい？」

食後、自室に戻ろうとすると、父さんに呼び止められて部屋に連れていかれた。母さん達に黙って俺に声をかける時って、大体いつも変な頼み事なんだよな。

父さんが俺の顔を覗き込みながら言う。

「清々《すがすが》しい程に嫌な顔を隠さないね」

「だって、また変な頼み事でしょ？」

「頼み事ではあるけど、変ではないよ」

父さんはニコニコとしながらそう言うと、俺を連れてきた理由を話した。父さんは、俺がチルド村で開こうとしている大会に出場したいらしい。

「……マジで言ってるの？」

俺が問うと、父さんは笑みを浮かべて頷く。

「うん。だってさ、アキトの所の奴隷達が出るんでしょ？　って事は、ジル君も出てくるんだよね？　あの子とは一度戦ってみたいなって思ってたんだよ」

「……戦ってみたいって、それ、王様が言うセリフ？」

「先代が戦闘狂って言われてたし、良いんじゃない？」

父さんの言葉に、俺は「確かに」と呟きつつ、少しだけ考えた。

出場に関しては別に良いと思うけど、周りの奴らがどう思うかだよな。

「とりあえず大会の運営を任せてる奴隷に聞いてみるよ。王様が出てきて、奴隷達が萎縮《いしゅく》しちゃったら嫌だしね」

「分かったよ。良い返事を楽しみに待っておくね」

用はそれだけだったみたいで、俺は父さんの部屋を出た。

そして風呂に入り、自分の部屋に戻ってくる。俺はリーフを呼び、明日の特訓はなしにしてもらった。

奴隷達に父さんの話をしに行くっていうのもあるけど、単純に久しぶりに奴隷達に会いたいと思ったのだ。

◇　◇　◇

翌日、学園が休みなので朝からチルド村へ向かう。

久しぶりに来たチルド村には人が溢れていた。中央通りにも沢山の人がいて、移動するのも一苦労だ。

「もう少し道を広げとけば良かったな。小さな村だから大きく作らなくても良いと思ったんだけど、ここまで人が集まるとは……」

そんな事を思いながら村の中を移動し、大会運営本部にたどり着く。

建物の中に入ると奴隷達に挨拶され、そのままエマがいる部屋に向かう。部屋に入ると、エマは書類の束を前に忙しそうにしていた。

「久しぶり、エマ」

「お久しぶりです、ご主人様。すみません、確認したい書類がありまして、お迎えに行けませんんでした」

「気にするな。急に来ると言ったのはこっちだからさ。とりあえず落ち着くまで待ってるよ」

「ありがとうございます」

エマの作業を見ながら待つ事十分。作業が終えたエマが声をかけてくる。

「お待たせしました。それでご主人様、本日はどういったご用件で来たのですか？」

「実はな、俺の父親が大会に出場したいって言ってきたんだが……王様が出場しても大丈夫か聞きに来たんだよ」

「王様が出場ですか？　既にメンバー表は作ってしまってますし、配布までしてしまったんですよね……」

「そうだよな。やっぱり難しいか？」

「……でも、王様一人でしたら、何とかなると思います。配布した先に、訂正した資料を送っておきますね」

面倒をかけるエマにお礼を言うと、エマは呟くように口にする。

「それにしても、王様が出場ですか……」

「爺ちゃんの方かと思ったか？」

エマはコクリと頷く。

「はい。あの方でしたらありえると思い、実は一枠空けていたんです」

「ああ、それで、一人なら良いって言ったのか」

そこまで読んでいたとは……エマは仕事ができるな。

「まあ、爺ちゃんは今俺の特訓に付き合って楽しんでるから、わざわざ大会に出場してくる事はないだろうな。観に来ると思うが」

「そうでしたか。それでご主人様のオーラが、少し会っていない間に、変わっていたんですね。私は鑑定系のスキルを持っていませんが、ご主人様の変わりようは感じられます」

「レオンにも言われたよ。ここだけの話、魔力の数値だけ１５０００超えたんだ」

エマは目を見開く。

「い、１５０００ですか⁉　ご、ご主人様は凄い方だと思っていましたが、そこまでお強くなられていたんですね」

それから俺は、他の奴隷に会いに行ってくると言ってエマと別れた。

チルド村の中を歩き、他の奴隷達と久しぶりに会って色々話をした。エマと同じように、皆俺の変わりように驚いていた。

ジルとも会ったが、俺と会った瞬間――

「全力で戦わせてもらいますね！」

ニヤッと笑って好戦的な挨拶をしてきたのだった。

◇　◇　◇

更に日が経ち、春休みになった。

大会の運営を任せておいた奴隷達は、予定通り全ての施設の設置を終わらせてくれた。仕事ができる者達を集めて正解だったな。

ちなみに、大会施設はチルド村から少し離れた土地に作ってある。

そこは開拓済みだったけど用途がなかった土地なので、良い場所に作ったと父さんから褒められた。

大会の最終確認のためにエマのもとを訪ねると、彼女は俺に書類を手渡してくる。

「それではご主人様、このような時間割で大会を執り行おうと思っておりますが、ご不満な点はありますでしょうか？」

「全くないよ。よく、ここまでちゃんと考えた時間割を作ったものだよ。本当にありがとうな」

エマ達の仕事は完璧だったので、俺が意見を言うところなど全くなかった。

確認作業を終えた俺は、チルド村の俺の家に移動する。

そしてソファーに座り、【魔力探知】で誰も家の中にいない事を確認して、ある人物の名前を呼ぶ。

「……シャルル」

「はい」

俺の横に紳士服を着た白髪の男、シャルルが現れた。

この男はジルと同じように、俺と会った時に忠誠を誓った者であり、俺が所有している全奴隷の最強者である。

俺は秘密裏に動く〝影〟という組織を持っているが、そのトップを任せているのが、このシャルルだ。

俺はシャルルに言う。

「今度ある大会には、俺の家族が観に来る予定だ。エマ達が警備も手配してるみたいだが、念には念を入れて、お前達にも警備してもらいたい」

「分かりました。そう指示が出されると思いまして、予《あらかじ》め各地に散らばっている者達を集めておきました」

「んっ、流石シャルルだな」

この男、エマ以上に俺の思考を読んでくる。なので俺も指示を出しやすいし、仕事を失敗した事もない。そんな訳で奴隷の中で最も信頼している男と言える。勿論、奴隷達は皆信頼してるが、シャルルに関しては信頼度の桁が違う。

シャルルを奴隷にする際、主神様に間に入ってもらって契約魔法を使ったのだ。それでもし俺を裏切るような事があったら、苦しみながら死を迎えるだけでなく、地獄で永遠の死を繰り返すとさえ誓ってもらっている。

「それと、今回は身バレしない程度であれば、影達にも大会を楽しんでもらいたい。今回の大会は、奴隷の息抜きも兼ねているからな」

「……頭には入れておきます」

「……お前は本当に、俺からの『休め』という指示だけは聞かないな」

「そんな事はありませんよ。一日数時間、お休みを頂いておりますので」

はぁ……シャルルの事は信頼してるし、仕事も完璧にこなすから重宝《ちょうほう》してるけど、ほとんど休まないから心配になるんだよな。

「とりあえず休めよ？　警備は交代しながらでもできるんだからな。影の奴らも人数が増えたんだし」

「……分かりました。一応、そのように伝えておきます」

「一応じゃなくて、絶対だ。大会中ちゃんと確認するからな？　お前らは爺ちゃんにさえ気づかれないように隠れられるが、主である俺からは隠れられないと知ってるだろ？」

俺はそう言って、シャルルに影へ戻らせた。

ったく、何で俺の奴隷は癖のある奴ばかりなんだ？

心の中で愚痴っていると、家の中に何者かが入ってくる気配を感じ取った。この魔力はクロネか？

部屋を出て玄関の方に向かうと、予想通りクロネと遭遇した。

「あっ、やっぱりここにいたのね、ご主人様」

「ああ、久しぶりだな、クロネ」

「そうね。レオンとは偶に会ってたみたいだけど、私とは本当に会ってなかったわね」

「まあ、会う理由もなかったしな。それでお前は強くなったのか？」

俺が尋ねると、クロネは上から見下ろすような姿勢を取った。

「あら、私が強くなったのを感じ取れないのかしら？　これでもレベルでいうと20は上がったのよ？」

「そうなのか。意外と頑張ったんだな」

20か……レベル上げに専念していたと言ってたし、妥当なラインだろう。

まあ、レベル上げに専念してない俺は、能力のおかげで、普通に20以上レベルが上がってるけど！

「驚かないわね？　ご主人様は、私以上に強くなったのかしら？　もうあの時点で、殆ど成長し切ってたんじゃないの？」

「レオンから聞いていないのか？　というか、お前こそ俺の成長に気付いていないのか？」

俺がそう言うと、それまで見下ろしていたクロネが「えっ？」と口にして、俺の方をマジマジと見てきた。

クロネは俺を煽《あお》る気満々だったから、俺の魔力の変化に気付かなかったのだろう。

俺の考えが当たったのか、クロネはポカンと口を開ける。

「う、嘘でしょ!? 最後に会った時から、倍近く魔力上がってない!?」

「おう。結構頑張ったからな。一応言っておくが、魔法の力自体も成長してるからな？ 試合で俺に当たったら、覚悟しておくんだぞ？」

「ね、ねぇ、嘘よね!? 今、強化魔法で強化してるだけよね!?」

クロネは俺の変化を受け入れたくないらしいな。

クロネは「嘘よ、嘘よ……」と言いながら呆然としていたが、回収しに来てくれたレオンと家を出ていった。

去り際、レオンから「試合が楽しみだ」と好戦的な目を向けられた。

ハハッ、レオンもやる気十分だな……ああ、早く大会始まらないかな。

それから数日経ち、いよいよ待ちに待った大会が始まった。

第19話　大会

開催当日、俺は朝早くから起きて、準備万端で大会が行われる建物へ向かった。

早い時間にもかかわらず、他国やジルニア国内の者達が大勢集まっており、既に騒がしい雰囲気だった。

この人数に戦いを見られるのか……楽しみだ。

学園祭で参加できなかった事もあり、既に俺は気持ちが高ぶっていた。

「アキト。楽しみにしてるのは良いけど、魔力を抑えろ」

「んっ？　おぉ、レオン。久しぶり」

俺は漏れ出ていた魔力を抑え、レオンに告げる。

「レオンも、あれからまた強くなったみたいだな」

「当然だ。アキトの化け物具合に触発されてな。あの後はずっとダンジョンに籠っていたんだよ。クロネが付き添いで来てくれたおかげで、大分強くなる事ができた」

【鑑定】してみると、以前のレオンよりもステータスが格段に伸びていた。

「そうみたいだな。これは早く戦いたいな」

「ああ、俺もだよ。アキトとは本気で戦いたかったからな、今日は思う存分暴れさせてもらうよ」

レオンはそう言って、先に建物の中に入っていった。俺も建物に入り、そのまま選手の控え室へ向かう。

大会に出場する奴隷達がずらり勢揃いとしている。

レオン、ジル以外の奴らも、大分強くなってるな。

ジル達と久しぶりに会話をしていると、開会式が行われるので会場に移動するようにと係の人に言われた。

指示通りに控室を出て、会場に向かう。

会場の観客席は満席で、俺達が出てきた瞬間、歓声が鳴り響いた。

「凄いな……」

「そうだな。出場者がアキトの奴隷がほとんどだから、観客は少ないと思っていたが、そうでもなかったか」

「ああ。参加者の枠を広げていたら、もっと大変な事になってたな……」

レオンと会話をしつつ、中央へ進んでいく。

参加者達が揃うと、開会式が始まった。

「俺は、最後か……」

「逆に俺は最初だから、アキトと戦うなら優勝決定戦となるのか」

開会式後にくじ引きが行われ、俺はBブロック最後のシード枠になり、レオンはAブロックの第一試合になった。

「これはこれで凄いな。逆にくじ運が良いか」

「ああ、楽しみは最後にってやつだな」

レオンが試合を行う者が入る部屋に移動する。俺はジルと父さんと一緒に選手控え室へと戻った。

ジルはAブロックの第八試合で、父さんはBブロックの第五試合だった。

俺はジルに向かって言う。

「決勝でレオンが来るのも楽しみだけど、ジルが来るのも楽しみにしてるぞ」

「ええ、俺だって訓練してきましたからね。アキト様と戦うのは俺ですよ」

すると、横で聞いていた父さんが声をかけてくる。

「アキト、さっきから父さんには勝つ前提で話していないかい？　父さんなんか眼中にもないって風に聞こえるけど？」

「ああ、ごめん。別にそんなつもりはないよ……でも、負けるつもりも一切ないよ」

「ふふ、父さんもだよ。魔力は少なくとも、父さんには技術があるからね。父さんの力を見せてあげるよ」

そう楽しそうに言う父さんは、好戦的な時の爺ちゃんの目とそっくりだった。やっぱり親子だな、と俺は心の中で思った。

そして、レオンが出る第一試合が始まった。

試合は一瞬で決着がついた。

レオンの相手は剣士だったのだが、レオンに接近することさえできず、威力を抑えた魔法で軽く飛ばされ、場外負けとなった。

レオンの奴、手加減したたな。まあ、怪我をさせないための配慮なのだろうが。

「やっぱり一瞬だったか……少しでも情報が欲しいところなんだがな……」

だが一つ分かった事がある。以前に比べて、レオンの魔法発動スピードが明らかに早くなっていた。

その後、Aブロックの試合が続々と進んでいく。

Bブロックの俺、父さん、クロネは早く戦いたくてウズウズしていた。

「あーもー、早く試合始まらないの！　折角試合のために調整してきたのに、こんなに待たされちゃったら調整の意味がないわよ！」

先に我慢の限界に達したのはクロネ。

「落ち着けクロネ。クジの結果なんだから、大人しく待ってろ」

「何よ、ご主人様だってさっきから落ち着きないわよ？　ずーっと行ったり来たりして」

「うッ！　し、仕方ないだろ！　この大会自体、俺が戦いたいからって理由で開催したんだから！」

俺達はわーきゃーと言い合って、試合を観戦するのだった。

◇　◇　◇

Ａブロック決勝進出を懸けた準決勝が行われる。

出てきたのは勿論、レオンとジル。互いに準決までの試合全て、数秒で終わらせてきている。

「やっぱり、この二人が勝ち上がってきたな」

「レオンは強いわよ」

「ああ。だが、ジルも舐めない方が良いだろう。この期間中、あいつはサジュさんを呼んで、指導してもらってたんだからな」

俺がリーフと特訓をしていた頃、サジュさんが山に遊びに来た事があった。何でここに？　と聞くと、サジュさんはジルを鍛えていると言った。

雷鳴流の剣術は教え終わり、サジュさんと模擬戦を行う日々を過ごしてきたという。

剣士の最高峰であるサジュさん相手に実戦を繰り返していたジルが何処まで成長したのか、これは楽しみだな。

「おっ、始まったな」

俺がそう言うと、父さんが窓の近くに移動してきた。寝てるのかなって思ってたけど起きてたんだ。

試合開始早々、レオンは魔法を多重に発動して先制攻撃をした。一つひとつの魔法の構築時間が短い。ジル目掛けて次々と魔法が放たれていく。

しかし、ジルも只者ではない。全ての魔法を雷属性を宿した剣で斬り裂いていった。

「す、凄いなジルの奴……」

「レオンの魔法ってそんじょそこらの魔法使いのものとは違うのよ？　なのに、全部消し飛ばしてるの!?」

「やっぱりジル君は凄いな……本当に欲しかったよ……」

父さん、未だに固執してるんだ。

魔法使いのレオン、剣術使いのジル。得意な分野が違う二人が、熾烈《しれつ》な戦いを繰り広げていく。

離れた所から魔法を放つレオンに対し、接近戦に持ち込もうとするジル。

二人の戦いは、今大会で最高の盛り上がりを見せた。

実力は互角。

結果がどちらに転ぶか分からないと思われたが、一瞬だけジルに隙が生じる。それは、レオンが魔法の間隔をズラした際に生まれた。

レオンの罠に、ジルはまんまと引っかかってしまう。

「ッ！」

ジルの振った剣は、もう止める事はできない。そのまま剣を振り切り、タイミングをずらしたレオンの魔法が腹部に炸裂する。

後方へ吹っ飛ばされ、そのまま場外に落ちるジル。

大歓声の中、Ａブロックの決勝進出者が決まった。


「ジルもなかなか良い動きをしていたが、実戦経験でレオンのが上だったか」

「いくら模擬戦をしても、緊迫した戦いではレオンのが上って事ね」

レオン達の試合を見終わった俺達は部屋を出た。

今はお昼休みの時間だ。

先程まで試合をしていたレオンとジルとも合流をする。

ジルが俺の前にやって来て、急に頭を下げた。

「すみません。負けてしまいました！」

「仕方ない。ジルには経験が少なかっただけだ。レオンは元軍人で、実戦経験がジルと比べたら計り知れないからな。これから経験を増やして、来年また開催したら優勝を狙うといいさ」

「はいッ！」

悔し涙を流していたジルだったが、俺の言葉に更に涙を流した。

俺は、ジルの横の勝者の方を向く。

「お疲れ様、レオン」

「ああ、約束通りにアキトと戦う席に座ったぞ。アキトもちゃんと来いよ？」

レオンは挑発するように言う。

このまま昼食を一緒にと思っていたが、今ここでレオンと一緒にいたらダメな気がしたから、みんなのもとを離れる。


「あれ、主様一人なの？」

会場から少し離れた所で魔法の調子を確認していると、リーフがやって来た。そういえば今日は朝からリーフを見ていなかったな。

「リーフ。お前、何処に行ってたんだ？」

「えっ？　普通に観客席で観てたよ。お母さんとお爺ちゃんと一緒に」

「……んっ？　今お母さんって言ったか？　もしかして妖精王が来てるのか⁉」

「来てるよ？　そのためにお母さんずっと仕事頑張ってたみたい。アキト君の戦いを近くで観るんだーって言って」

「……」

まさか妖精王が来ているとは……ああいう崇高な存在の勝手な行動を諌《いさ》める人はいないのか⁉

その後俺はフレアさんの事を考えないようにしながら、魔法の調整を続けるのだった。

◇　◇　◇

お昼休憩が終わり、Bブロックの試合が始まった。

こちらもこちらで、大会のために訓練してきた猛者《もさ》達が激しい戦いを繰り広げる。そして、遂に俺の出番がやって来た。

俺は意気揚々と会場へ出た。

その瞬間、これまでとは比べ物にならない程の歓声が鳴り響く。俺は嬉しい気持ちになりながら、会場の中央へ向かう。

「あはは……アキト様と再び戦う日が来るとは、思いもしませんでしたよ」

そう自信なさそうに言うのは、レオンと一緒に俺の奴隷となった者達の一人。名前は、ブルーノといい、今でもレオンの下で働いてる奴だ。

ついでに言うと、あの時奴隷になった奴は他に二人いて、ノールドとノーマンという。三人集まって行動させる事が多いので、ブルー〝ノ〟、〝ノ〟ールド、〝ノ〟ーマンのそれぞれの〝ノ〟をとって、勝手に〝ノーズ〟と呼んでいる。

ブルーノが俺に怯えているのは、戦争の時に俺から直々に魔消弾を撃たれたからだろうな。

「まあ、気を楽にして戦おうぜ。お前もそのために鍛えてきたんだろ？」

「ええ……そうですね」

結論から言えば、ブルーノとの試合は一瞬で終わった。

有能な魔法使いとしてレオンについてきた奴だったが、始まる前から俺に萎縮してたし、その隙を突いたら試合が終わってしまった。


その後、俺、クロネ、父さんは勝ち進んでいく。

「ようやくね。ご主人様」

「ああ、そうだなクロネ。お互いここまで勝ち上がってこれたな」

試合の順番的に父さんより先に俺の前に現れたのは、クロネ。

クロネは好戦的な目をして、俺に話しかけてきた。クロネがここまでやる気を見せている理由は分かっている。

クロネは自分の油断で俺の奴隷となり、これまで俺に良いように使われてきた。この試合に、これまでの鬱憤《うっぷん》をぶつけようとしてるんだろうな。

「今更話す事はないだろ？　早く始めようぜ」

「ええ、そうね。ここで決めるのは、勝つか負けるかだものね」

そう言って互いに距離を取ると、司会の声に合わせて試合が始まる。

「ッ！」

「チッ、流石にこれじゃ決めれないわね」

「当たり前だろッ」

開始早々、短剣で首元を狙ってきたクロネ。

俺はその動きを見切って、剣で受け止め弾き返す。そして反撃とばかりに魔法を放つが、一瞬にしてクロネは場所を移動した。

速さだけでいえばクロネは爺ちゃん並みだな……流石、元暗殺者だ……

「今度はこっちからいかせてもらうぞッ！」

そう言って俺は、レオン以上の魔法を展開する。魔法の特訓によって同時発動を完璧に覚えたのだ。

何百の魔法がクロネへと放たれる。

一つひとつの魔法が威力が高いため、相殺する事は不可能。クロネは回避に専念する事しかできない。

その隙に、俺はクロネに近接する。

「終わりだ、クロネ」

「なッ！」

俺の声に、ようやく近づかれていたのに気が付いたようだな。しかし俺は、既に魔力を込めた手をクロネの腹部に当てていた。

至近距離から魔法を放つと、クロネは吹き飛んでいった。

「ふぅ～……流石に、この数を使うと少し疲れるな」

クロネが気絶したのを確認して、俺は大量に展開していた魔法を消す。試合時間は十秒程。観客も理解が追いついていないようだな。

暫く経って、会場を大きな歓声が包んだ。


その後俺は、クロネとの戦いで火がついてしまったみたいで、それまで五秒程で終わらせていた試合を一秒もかける事なく勝利していった。

そんな無双状態に、妙なあだ名が付いてしまう。

〝二代目戦闘狂〟と。

しかし、「二代目だと面白さが足りない」と何処かの一代目が言ったようで、新たな呼び名を付けられた。

アキト・フォン・クローウェンは〝戦神《せんしん》〟であると。

「ちょっと待て！　そういう神、絶対にいるでしょッ！」

俺が抗議すると、会場で隠れて観戦していた主神が言う。

「大丈夫、あの子ならこの試合を見てて、『俺と同じ名を与えるのに納得だ』って、連絡が来たよ」

それで俺に戦神の加護が付与され、観客席全体から「戦神様！」コールが起こる。

恥ずかしかった俺は、急いで待合室へ逃げた。

しかし、それ以降の試合で勝つと必ず「戦神様！」と呼ばれ続けるのだった。


だから、Bブロック最後の父さんとの試合、俺は楽しさよりも爺ちゃんと主神様への怒りをぶつける事にした。

「ねえ、アキト。楽しむって言ってたよね？　明らかに黒いオーラ出てるよ？」

「イライラが溜まってるんだ。父親なら、息子からの八つ当たりくらい受け止めてね？」

「ちょっ、ちょっと待って、アキト⁉」

逃げようとする父さんに対し、俺は早く始めように司会に視線を送った。するとすぐに開始の合図が鳴り、俺は一瞬にして父さんの懐へ移動する。

「このっ、クソ爺がぁぁぁぁぁぁぁぁ！！！」

その叫びとともに、俺は父さんの腹を殴って角度を調節し、爺ちゃんが座っている席まで、父さんを吹っ飛ばした。

笑顔で飯を食べていた爺ちゃんは、父さんが飛んできている事に気が付いていなかった。それで父さんと爺ちゃんは、そのまま頭をぶつけ合って仲良く気絶した。

これで父さんは場外判定となり、俺の勝利。俺はすぐに待合室へ逃げた。

◇　◇　◇

俺は、優勝決定戦のために会場へ立つ。

観客は、俺の登場に再び歓声を上げる。チラリと爺ちゃんと父さんの方を見ると、二人はまだ気絶していた。

……そのまま気絶しておけよ、爺。試合が終わったら覚悟しておけ。

心の中で爺ちゃんへの怒りを燃やしながら、俺はレオンと向き合う。

「アキトがそんなに怒るのは珍しいな」

「まあな。今回に関しては、やりすぎてる部分もあったから、痛い目に遭わせるつもりだ」

「流石戦神だな。戦闘狂に喧嘩を売るのか？」

「喧嘩じゃないよ。ただの制裁だ」

俺がもう話す事はないとばかりに距離を取ると、司会が合図する。

俺とレオンは同時に動き出した。

レオンも一気に勝負するつもりだったらしく、最初から激しい魔法勝負となった。

レベルや能力では俺のが上だ。だが、実戦経験はレオンの方が豊富で、更にレオンはクロネよりも察知能力が高く、隙が全くない。

「レオン、やっぱりお前を奴隷にしておいて良かったよ。ここまでの魔法の使い手、なかなかいないからな」

「そりゃどうも。俺も同じ思いだよ。ここまでの魔法の使い手が主とは、俺も鼻が高いぜ」

互いに互いを褒め合いつつ、徐々に魔法の威力を上げていく。

しかし、終わりは突然訪れた。

レオンの魔力が尽きたのだ。俺の魔法をくらって倒れるレオン。

実戦経験が豊富で魔法の腕もあるレオンだが、リーフによる能力値の底上げと戦神の加護による強化の影響で、俺とレオンとの魔力の差はかなり開いてた。

持久戦になった時点で、俺の勝ちは決定していたのだ。

まあ、途中で変則的な攻撃をされていたら、結果は分からなかったが、レオンは意地を貫いたのだろう。そういうところも好きで、俺は近くにレオンを置いている。

呆気なく俺の勝利となった試合に観客達も驚き、シーンとしていた。

しかしすぐに歓声が鳴り響き、大会は終わった。

第20話　お仕置き

俺は大会の片づけをしていた。

しなくても良いと言われたんだけど、これだけの奴隷が集まってるのに参加しない訳にもいかない。あまり顔を合わせられない奴隷達と一緒に掃除をして、久しぶりにコミュニケーションが取れて良かったな。

俺に敗れたレオンとクロネは、夫婦揃って暗い顔をしていた。

「レオン、クロネ。お前らいつまで落ち込んでんだよ。気持ちを切り替えろ」

「……分かってるよ。ただ、あまりにも呆気なさすぎてな」

「あれだけ大口叩いていたのに数秒も持たないなんて……」

揃ってガックシと項垂《うなだ》れる夫婦。

そこへ、俺に瞬殺された奴隷達が口を挟む。

「レオンさんやクロネさんはまだいいじゃないですか。俺なんて一秒内で場外ですよ？」

「そうですよ。レオンさん達の戦い、見ててしびれましたよ！」

「相手が悪いですよ。神々から祝福されて、神様公認で〝戦神〟って名乗ってる相手なんですから。数秒耐えられただけでも凄いです」

レオンとクロネを励ます一方で、俺に酷い事言ってるからな。

仕舞いには〝戦神〟〝化け物〟〝魔王〟とか酷い呼び名を付けられた。何だよ〝魔王〟って、俺悪い事してないだろ⁉

そんなこんなで大会の片づけが終わり、帰宅する事になった。

しかし、俺は家ではなく魔法の特訓で使っていた山へ移動してきた。何故ここに来たのか？　それはお仕置きのためである。

「フレアさん、リーフ。見張りありがとう」

「いいわよ。アキト君の頼みだもの。それに、リオンの嫌がる事は私も賛成だしね」

「お疲れ様、主様。ちゃんと見張ってたよ」

そう話す俺達を、下から見上げる者がいる。

縄でグルグル巻きにされた爺ちゃんだ。

「やあ、爺ちゃん。さっきぶりだね」

「あ、ああ、アキト。さっきぶりじゃな。そ、そろそろ儂を解放してくれないかの……」

爺ちゃんには珍しく怯えてるな。

「ん～？　それは、無理かな～？　爺ちゃんには、ちゃんと罰を受けてもらわないとね～」

「な、何をするのじゃ？」

爺ちゃんはビクビクと尋ねた。

俺は異空間からある物を取り出す。

ジルニア国で辛《から》い事で有名な食材を材料にして作った、とびきりのお仕置きアイテムである。クロネにも試した事があるが、五日間辛さに苦しんでいた。

「あ、アキト……その液体は何じゃ？」

「まあ、前情報で言うと……辛いよ」

「ッ！　や、やめるんじゃ！　儂は辛いのは苦手なんじゃ！」

「だから何？　俺に変な呼び名を付けたんだから、その報いは受けないとね。フレアさん、リーフ、絶対に逃がさないでね」

「ええ、分かった」

「はい、主様」

爺ちゃんは大人化したリーフとフレアさんに押さえつけられている。俺はそんな爺ちゃんの口に瓶を近づけ、一気に流し込んだ。

「グギャァァァァッ！！！」

爺ちゃんは叫び、地面を転がる。

フレアさんとリーフはそんな光景を見て唖然としていた。

フレアさんが尋ねてくる。

「……ねえ、アキト君。その液体ってそんなに辛いの？」

「試しますか？」

「ええ、いいかしら？」

「主様、私も良い？」

フレアさんとリーフが興味を持ったので、もう一つ瓶を取り出す。流石に瓶一本飲ませる訳にはいかないので、小さなスプーンを用意する。

「辛さに耐性があってもヤバいので、少しだけにしておいた方が良いですよ」

「わ、分かったわ……」

「……」

俺の注意にフレアさんとリーフは気を引き締め、ちょこっと取った液を口の中に入れた。すると、すぐに二人は声を上げる。

「「辛ッ！」」

思っていた通りの反応だ。俺は用意していたハチミツをベースに作った、辛さを中和する飲み物を渡す。

「うぅ……こんなに、辛いなんて思わなかったわ……」

「口の中がヒリヒリする〜」

「まあ、お仕置き用のために作った物ですからね。普段使いは絶対にしませんよ。匂いを嗅ぐのも嫌なアイテムですし」

俺はそう言って、出していた瓶を異空間の中に入れた。

その後、辛さに気絶した爺ちゃんを連れて帰宅した俺は、父さんから「何をしたの？」と驚かれた。

俺は「お仕置きしただけだよ」と軽く言って、爺ちゃんをメイドに頼んでから自室へと帰るのだった。

◇　◇　◇

扉に魔法で細工《さいく》をして開けられないようにしてから、俺はシャルルと影の者達を呼ぶ。

「まず先に。アキト様、優勝おめでとうございます」

「「おめでとうございます」」

「うん、ありがとう」

シャルルや影の者達とも戦いたい気もあったんだが、シャルルから断わられてしまったんだよな。

自分が出れば、影の正体がバレてしまうと考えたらしい。

跪くシャルルに、俺は尋ねる。

「シャルル、前から言っていた執事の件、任せられそうか？」

爵位をもらって、領地を任せられる事になった俺。今のところ、領地の管理は父さんが派遣した者にやってもらっている。

だが、いつまでもそうはいかない。

そこで奴隷の中でも優秀なシャルルに執事になってもらい、俺の補佐をしてほしいとお願いしていたのだ。

「はい。何とか影を任せられる者を用意しましたので、問題はございません」

「そうか。それは良かったよ。シャルル程頭が切れる者はいないからな」

「そう言っていただき、ありがとうございます」

その後、シャルルから影を引き継ぐという人物を紹介された。

ディルムという狼人族の獣人だ。確かこいつ、魔帝国に遊びに行った際に、奴隷商店で見つけた奴隷だったな。獣人族には珍しく魔法が得意だと聞かされていた。

ディルムが頭を下げる。

「お久しぶりでございます、アキト様。改めまして、影のリーダーを任される事になりました、ディルムと申します」

「うん、よろしく。影は癖のある奴らばかりだから引っ張るのに苦労すると思うが、頑張ってくれよ」

「はい！」

ディルムはやる気十分といった感じに返事をした。


俺はシャルルと一緒に、チルド村の拠点へ移動してきた。

これまでシャルルの存在は奴隷にも伏せてきたが、彼には表の仕事をさせるので、顔合わせさせる事にしたのだ。

「という訳で、影のリーダーをしていたシャルルだ。今後は領地経営の権限を与えて、表で行動させる」

「……アキト、良いか？」

レオンが挙手をして尋ねてくる。

「何だ？」

「俺以外も思っている事だと思うから代表して言うが、そんなザックリとした紹介で終わらすな！こっちは影については詮索するなって言われてるんだ。ちゃんと教えろよ！」

他の奴隷達も頷いている。

ふむ、確かにそうだな……

すると、シャルルが口を開く。

「皆様は私の事を知りたいという訳ですね？　それでしたら、私自らご紹介させていただきますね」

シャルルは席から立ち上がり、これまでの経歴を話した。

感心するレオン達に、俺は告げる。

「まあこんな奴だ。ちゃんと打ち解けておけよ」

その後、シャルルは皆と交流した。

シャルルはビシッとしていて話しづらそうに見えるが、甘党だったり変なところがあったりする。

実は影の中で一番、お喋り好きでもある。

ある程度打ち解けたところで、明後日から本格的に動くと伝えて、俺は家に帰宅した。

◇　◇　◇

翌日、父さんにシャルルを紹介した。シャルルの経歴を聞きたいと父さんに言われた俺は、これまでの彼の実績を教える。

シャルルの初めての大きな仕事は、神聖国の潜入だ。

単騎でも戦力となるシャルルを一人で神聖国に潜らせ、色々と情報を集めてもらっていたのだ。

なお、父さんには影の事は伏せて伝えた。

実はシャルルにはレオン達に言っていない秘密がある。彼は特別な能力を持っているのだが、これは影の中でも幹部しか知らない。

その能力とは何か？

俺もシャルル以外持っている者を見た事がない希少な能力——魔眼《まがん》。

シャルルが持っているそれには千里眼《せんりがん》が備わっていて、遠くまで見渡す事ができる。魔法が得意なシャルルは魔眼を使い、超遠距離から攻撃するのだ。

爺ちゃんや俺に次ぐ化け物なのは間違いない。能力値の面で何とか勝てているけど、シャルルがガチでレベル上げをしたら俺は負けるだろうな。

「ねえ、本当にアキトは何処でこんなに凄い奴隷を見つけてくるの？　少しでもいいから、秘訣を教えてくれない⁉」

シャルルの優秀さを知った父さんは、ジルの時と同じようにシャルルを羨ましそうに見る。俺は父さんに向かって告げる。

「自分の足で探してくるのが一番だよ。言っておくけど、俺が見つけた奴隷は他の人には絶対にあげないから」

「そんな～！　一人くらい父さんにくれても罰《ばち》は当たらないよ！」

「罰が当たらなくても、俺にメリットが一つもないから却下で」

父さんは俺に泣きついてきた。六歳児の息子に縋《すが》りつき、泣きじゃくる父さん——結局、今度良い奴隷を見つけたら、父さんに渡す約束をした。

はぁ、どうして父さんはここまで残念なんだ。威厳《いげん》が全くなくなってる父さんに対し、俺は呆れつつ退出する。

「すまんな、シャルル。父さんのあんな姿を見せてしまって」

「いえ、アキト様の事を信頼していると、微笑ましく思えました。能力ある子を認める事ができず、恐怖する親もいますから……」

そう言ったシャルルの顔は少しだけ暗く見えた。

シャルルとはこれまで家族の話をした事がない。家族というワードを言った際、シャルルの顔が暗くなる事があり、その話題は避けるようにしていたのだ。


シャルルとともに自室に戻ってきた。

早速、明日からの動きについて話し合う。

「とりあえず領地を任せる事は決まったが、何処を活動の拠点にするかだよな。前領主の家を使うのも嫌だし、まずは家の建て替えでもするか？」

「そうですね。アキト様がお住まいになる事を考えますと、現在の屋敷を潰して新しく作り直すのが良いでしょうね。実は事前に調べさせてもらいましたが、防衛面で心許ないところがあります」

「んっ、了解。それじゃ、大工達に俺の家の建て替えを頼むか」

話し合いは夜まで続いた。それで今後について大分決まり、俺がいなくてもできそうな作業はシャルルに任せる事にした。

なお、既に領内の生産品等の管理は影を使って処理しているそうだ。

色々決め終えると、シャルルはやる気に満ちた顔をして消えた。

「ふぅ～、ぶっ通しでの話し合いは疲れたな……まあ、シャルルもやる気みたいだし、今後が楽しみだ」

疲れた俺はそんな感想を述べ、ベッドに横になって休憩する事にした。だが、夕食を取らず風呂にも入る事なく、そのままガチで眠ってしまうのだった。

第21話　新米領主は仕事がない

「ふぅ～。やっぱり自分の家を持っていると、こういった時に便利だな～」

俺は早朝からチルド村の家に来ていた。こっちの家にも風呂場を作っていたので、自分で沸かして朝風呂に入る。

風呂で汗を流した俺は、着替えて帰宅した。腹が減っているのだが、朝食まで時間がある。

「どうするか、この暇な時間……」

この時間にやれる事といえば少ない。結局、俺は異空間から本を取り出して読書を始める。それから数時間経ち、朝飯ができたとメイドが呼びに来た。

既に空腹は限界を超えており、俺はすぐに移動する。

いつもはそんなに食べない俺だが、今日はガッツリと食べた。すると、エリク兄さんが驚いて声をかけてくる。

「アキト、今日は食べるね」

「昨日寝落ちして、ご飯食べずに寝たから、お腹ペコペコだったんだ」

「そういえば昨日は、アキト、早く寝ていたね。何だか久しぶりにアキトがちゃんと子供だなって感じたよ」

まあ、確かにあんな時間に寝るなんて、子供らしいと言われたら子供らしい気もするな。

兄さんに続いて父さんが言う。

「確かにそれはあるね。アキトを皆で起こしに行ったけど、アキト全く起きなかったんだよ」

その後、俺の子供らしさが久しぶりに出たなという話で、朝食の席は盛り上がった。本人である俺が恥ずかしかったのは言うまでもない。

食後も話が続き、父さんがウォルブさんに呼ばれるまで、みんな話していた。ウォルブさんが来てくれなかったら、あと一時間は続いていたかもしれないな。

◇　◇　◇

部屋に戻ってきた俺はシャルルを呼び出し、一緒にチルド村へ移動した。

主要メンバーに加えて職人達に集まってもらい、これからやる事を伝える。

「え～、先日話した通り、今後この領地は俺達で動かす事になった訳で、まず初めに俺の居城として、領主の館がある場所を一旦更地《さらち》にし、新しく作り直す事にした」

「それで、俺達が呼ばれたって訳ですか」

そう口にした大工の親方に、俺は告げる。

「そういう事だ。他の職人達に集まってもらったのも、領地経営のための動きを全体で把握するために集まってもらった。大会が終わってすぐで忙しいのが続いているが、やってくれるか？」

「勿論ですよ。俺達はアキト様のおかげで、今でもこうして好きな事をさせてもらっているんですから」

大工の親方がそう言うと、他の者達も頷く。

それから、更に具体的な話し合いを行うのだった。


「しかし、アキトが領主か……」

「何だレオン、何か言いたげだな？」

「んっ？　いや、チルド村と同じのが領地単位でできるんだろ？　王都が可哀そうだと思ったんだよ」

「あ～、そこに関しては少しは自重するつもりだ。王都と敵対とかなったら嫌だしな。まあそんな事はないだろうけど」

「自重って……アキトにできるのか？」

……まあ、確かに。ある程度のところで止まろうと今は思っていても、多分突き進んでしまうだろうな。

「そこは、ほらアレだ。お前らが止めてくれ」

「奴隷に主の指示を止めろと？」

「散々俺に対して文句を言う奴隷が、何を今更」

そんな風にレオンと軽口を叩きつつ、元領主の館へ向かった。だが、俺だけ帰宅させられる事になった。

本当は俺も作業に参加しておきたいと思っていたのだが――

「完成まで全てお任せください」

シャルルからそう言われ、強制的に帰宅させられたのだ。シャルルがいれば心配はないが、仲間外れにされた気分で少し寂しかった。

「改築を手伝うつもりだったから、やる事ないな……本も読む気分じゃないし……」

◇　◇　◇

俺はベッドに横になった。

ベッドの上で何をするか迷っていると、レオンが突然現れる。

「やっぱり、拗ねていたか」

「やっぱりってなんだよ……何しに来たんだ？」

「いやな、仲間外れにされて拗ねてる主様を遊びに誘いに来たんだよ。どうだ？　これからちょっと二人で？」

「遊びに？　何処に行くんだ？」

「それは、着いてからのお楽しみだ。行くか？」

暇だしやる事もないので、誘いに乗る事にした。

レオンに転移魔法で連れてこられたのは、チルド村から少し離れた所にあるダンジョンだ。以前レオン達に取られて、レベル上げができなかったダンジョンである。

「何でここに？」

「何でって、そりゃアキトの力を見たいからだよ。アキト、俺との戦いの時も手を抜いていただろ？　アキトから出ている魔力を見れば、手加減されたって分かるんだよ」

「……気付いてたのか。まあ手加減したっていうより、会場を壊さないためにセーブしたってのが正解だな。俺が本気で魔法を使えば、街を壊してしまうから」

俺の返答に、レオンは俺のステータスが気になったようだ。

「アキト、能力値だけでもいいから見せてくれないか？」

「別に構わないぞ」

俺はレオンにステータスを見せた。

魔力が１５０００を超え、レベルが１１０を超えている俺のステータスを見たレオンは、小さな声で「……化け物」と呟いた。

「これで六歳児って。アキト、お前、何者だよ……」

「至って普通の、神々に加護をもらっている六歳児だよ……ただちょっと、秘密はあるけどな」

それからレオンは、本当にその能力値が正しいのか見たいと言い、魔物相手に魔法を使ってくれと頼んできた。

「別に良いけど、ダンジョンが壊れない程度にセーブするからな？」

「ああ、近くで見られるだけで良い」

「そうか……って、ちょうど良いところに魔物が出てきたな」

レオンと話しながら歩いていると、奥の方から魔物が一匹現れた。

俺は魔力を凝縮し、小さな線としてしか認識できない【火属性魔法】を作り出した。そしてそれを魔物の心臓へ放つ。

魔物は魔法が当たった事に気付かなかったが、数秒後ドンッと前のめりに倒れた。

レオンは唖然としている。

「エグいだろ……」

「まあ、火力的には抑えてるし被害が出ない魔法を使ったが、あの程度なら連発できるよ。爺ちゃんともいい勝負ができると、喜んでもらえてるし」

「戦闘狂相手にいい勝負って……」

しかし実のところを言うと、今の魔法は俺の実力の半分も出していない。

リーフとの契約とか、神々からの加護とかがあって、俺の強化は凄い事になっているのだ。更に大会の時、戦神からの加護も授かってるんだよな。

このまま神々から加護をもらい続けたら、数年したら俺はこの世界で最強となっているかもしれない。

その後も俺はレオンと一緒にダンジョン探索を行った。

レオンの力も見せてくれと頼み、新たな魔法とかを色々と見せてもらった。レオンもまた日々努力を続けているようだな。

◇　◇　◇

改装工事の仲間外れにされてから、数日経った。

拠点となる場所がないと領地経営には手がつけられないので、何もする事がない。なので、すぐに終わるだろうと思って取っておいた、春休みの宿題をやる事にした。

リベルトさん経由でアリスを誘う。

「久しぶりアリス」

「久しぶりだね、アキト君。最近、色々と忙しそうってお父さんから聞いてたけど、忙しいのは終わったの？」

何処か不貞腐《ふてくさ》れ気味なアリス。俺は、これはいけない！　と思い、アリスの機嫌を取るべく、大会の話をする。

「へぇ～、それじゃアキト君がその大会で優勝したんだ～。観たかったな～」

「あ～、それじゃ次やる時は観に来るか？　主催者だから誰でも呼べるし」

「良いの!?　絶対に行く！」

何とか機嫌が直ったな。それから俺とアリスは春休みの宿題に取りかかった。少ししてアミリス姉さんが来て、仲間に入りたそうな目をしてくる。

「私も一緒に勉強していい？」

「私は良いですよ」

「俺も勿論良いよ。姉さんも宿題持ってきて一緒にしよ」

「うん、急いで持ってくるね！」

それから三人で宿題をやって、良いところで休憩を挟む。

食堂にお菓子を取りに行くと、エリク兄さんとバッタリ会った。兄さんは今日、父さんから頼まれて外に出かけていた。

「兄さん、帰ってたんだね」

「うん、少し前にね。アキトは何してたの？」

「宿題だよ。姉さんとアリスと三人でさっきまでやってて、今は休憩中。それでお菓子でも食べようと思って、取りに来たんだよ」

「そうなんだ。僕も父さんからの頼まれ事が終わったから、報告が終わったら参加しても良いかな？」

「良いよ。姉さん達に言っておくよ」

俺は、母さんが作り置きしてくれたお菓子を持って部屋に戻る。

少し経って兄さんが来て、四人で勉強をする。俺には難しいと思うところはなく、順調に解いていった。姉さん達が分からないところは、俺が教えてあげた。

気が付けば陽が落ち、外はすっかり暗くなっている。

「さてと、今日の勉強会はここまでにしようか。アリスは今日泊まっていくんだよな？」

「うん、明日も勉強会って言ってきたから大丈夫」

アリスはニコニコの笑顔で答えた。

その後宿題を片づけて、食堂に移動する。食堂には爺ちゃんがいて、お仕置きから二日経って回復したみたいだ。

「爺ちゃん、生き返ったんだ」

「儂は死んでおらん！　……まあ、殆ど死んでおったんじゃがな。よくもまあ、アレ程の物を作っておったの……」

「まあね。俺の奴隷には生意気な奴もいるから、そんな奴をお仕置きするために作っておいたんだ。躾《しつけ》は主の務めだからね」

「それにしてもじゃろ……復活したとはいえ、まだ舌がヒリヒリするんじゃよ？」

爺ちゃんは舌を出して、つらそうな表情で言った。

ふむ、爺ちゃんも大分反省してるようだし、そろそろ回復させてやるか。

「はいはい、それじゃ今度から俺に優しくしてよね？」

そう言って俺は、異空間からエリクサーを取り出して手渡す。

爺ちゃんはその場で飲み干した。舌のヒリヒリ感に加え、胃のつらさがなくなったようだ。爺ちゃん、スッキリした表情をしている。

アリスが不思議そうに尋ねてくる。

「ねえ、アキト君。お爺ちゃんに何をしたの？」

「んっ？　ただ、ちょっと爺ちゃんに虐められたから、仕返しをしたんだよ」

「えっ？　アキト君がお爺ちゃんに虐められたの！」

それからアリスが爺ちゃんを睨みつけると、爺ちゃんはアリスに弁明した。だが、アリスは聞き入れない。

結局、爺ちゃんは渋々といった感じで俺に謝罪をするのだった。

第22話　張り切りすぎた奴隷達

食後、風呂と歯磨きを済ませると、みんなは俺の部屋に集まった。

それから寝る準備を整え、トランプでババ抜きをする。久しぶりのお泊り会なので、みんなまだまだ寝る気分じゃないみたいだ。

それで付き合っているんだけど、朝早くから活動していた俺は、既に眠くなっていた。

「……」

「アキト君、大丈夫？」

アリスにそう問われ、俺は正直に答える。

「んっ？　ああ、悪い。今日は朝早かったから、もう眠いんだよな……」

「そうだったの？　言ってくれたら良かったのに」

「そうだよ、アキトちゃん。無理して付き合わせたりしないんだから」

「アキト、眠いならもう寝るか？」

アリスに続いて姉さん、兄さんが俺を気遣ってくれる。それでトランプをやめて今日は寝る事になった。

いつものベッドではなく、アリス達と並んで布団で横になる。

目を瞑った俺は、そのまま夢の世界へ旅立ったはずだった。


「……アルティメシス様、俺、今めっちゃ眠たいんですよ。話があるなら、別の日にしてくれませんか？」

眠ったと思ったが、何故か光を感じて目を開けると、アルティメシス様が目の前に立っていた。

もうアレだな、急に神界に連れてこられるのも慣れてしまった。

「いや〜、アキト君が面白そうな事を始めたから気になっちゃって！　ねぇねぇ、私も参加していい？　良いかな？」

「……領地経営の事ですよね。ダメですよ。というか、俺ですら仲間外れにされてるんですから、アルティメシス様は大人しくしていてください」

俺だって一緒に作業したいのに、シャルルから止められているのだ。主神様が参加とか、絶対にありえない。

「え～、迷惑かけないからさ？　良いでしょ？」

「ダメです」

それから、俺とアルティメシス様の言い合いは数分続いた。

その時ふと、この空間にもう一人いる事に気付く。燃えるように赤い髪に、深紅の瞳をした男性が、俺をジッと見据えていた。

「はは、ようやく気が付いたか？」

「……もしかしなくとも、貴方が戦神様ですか？」

「おうよ！　俺は、戦の神ディーネルだ。よろしくな。主神のお気に入りのアキト」

ディーネルと名乗った神様は、ニカッと笑った。

それから、アルティメシス様とディーネル様とテーブルを囲んで座って話す事になった。俺は早速ディーネル様に尋ねる。

「あの、一つ聞いても良いですか？」

「んっ？　何だ？」

「いや、何で俺に加護を与えたのかなと思いまして……」

「それはアレだな。アキトの戦いにビビッと感じたんだよ。こいつは面白い奴だ、てな。んですぐに主神様に連絡取って、加護を付けたんだ。そうした方が面白いと思ってよ。んで、思っていた通りに面白い事が起きて、大満足だったよ」

そう言って、ガハハハッと笑うディーネル様。

俺はただ呆れるしかなかった。この神様もまたアルティメシス様と同じく、自由な神なのだろうな。というか、アルティメシス様のぼっち設定、何処に行ったよ？

「あの、戦神様はアルティメシス様と親しい感じに見えるんですけど、普段はあまり話さないんですか？」

「んっ？　まあ、事務的な事は話すが……」

「アキト君、前にも言ったけど、私に対して他の神々は一歩引いているんだよ。神々の頂点に立つ私には神を選ぶ力もあるし、神を消す事だってできるんだ。だから、神々は私とあまり関係を持たないいんだよ」

アルティメシス様がそう言うと、ディーネル様は居心地が悪そうな顔をしつつ話す。

「そういう訳で、神々は主神様とは関係を持たないんだ。今回だって、俺が直でアキトに会いに行っても良かったんだが、アキトは主神様のお気に入りなんでな。主神様に連絡を取ったという訳なんだ」

「そうだったんですか……色々あるんですね」

神々の世界にも、複雑な事情があるんだな。

「……まあ、俺達の事は置いておいてだ。アキト、お前は本当に面白い奴だ。戦い方もそうだが、性格が面白い。お前が祖父にしたお仕置き、マジでウケたぜ」

ディーネル様はそう言って笑う。

その後、ディーネル様とアルティメシス様と三人で大会の話で盛り上がり、俺が現世に帰された時は陽が昇り始めていた。

◇　◇　◇

新しく作られた俺の城は、前の屋敷よりも二倍程大きくなっていた。

ちなみにこの城がある街は、ミリオンという。「広くなっていないか？」とシャルルに尋ねると――

「アキト様の城ですから」

「でも、ここまで広くする意味あるのか？」

「ええ、ありますよ。アキト様の城ですよ？　豪華にしないといけないではありませんか」

ニッコリと笑うシャルル。

俺は何だか怖くなってきたが、もう逃げる事はできなかった。


「おい、何で敷地内に噴水があるんだ！」

「豪華にするためです」

「おい、何で俺の像が飾ってあるんだ！」

「豪華にするためです」

「おい、何で竜の剥製《はくせい》が置いてあるんだ！」

「豪華にするためです」

俺の言葉にシャルルは全て「豪華にするため」と返してくる。次第に俺の体力がなくなっていき、驚く事さえ疲れてしまった。

「何だよこの家、たった数日で作れるレベル、超えてるだろ……」

「そこは頑張りました。アキト様のために、奴隷一丸となって」

「頑張りすぎだろ……」

現在俺は、城内のリビングのソファーに横になっている。

てかホント何だよ、この家。マジで数日で建てたとか嘘だろ⁉

外装は勿論の事、内装も凝っていて、この時点で王城の豪華さを超えているし、それ以外にも色々と施設が揃っていた。

庭には、訓練所、庭園などがある。更に地下にはもっと凄い数の施設が隠されており、畑、工房、研究室、隠し部屋――一々挙げるのも面倒な程に用意されていた。

「シャルル、この城で籠城戦でもするつもりか？」

「え？　籠城なんてアキト様がする筈ないって分かってますよ？　ですが、〝備えあれば患《うれ》いなし〟という言葉もありますし、準備をするのは悪い事ではありませんからね。もし敵に攻められたとしても、私どもで対処しますし、アキト様がその辺の賊《ぞく》にやられるお人ではない事は、重々分かっておりますが」

「いや、分かられても困るんだけど？　これでも六歳児だよ？」

「またまた、アキト様はご冗談を」

いや、六歳なのは冗談な訳ないだろ。

はぁっ、たく、作ったもんは仕方ないか。

「とりあえず、城が完成した事は父さんに伝えておくよ。学園も卒業してないから、当分は実家で暮らすだろうけど」

「そうですね。アキト様は学業を頑張ってください。その間、領地の管理は私にお任せくださいませ」

「あぁ。長期休みはこっちでも暮らせるから、俺も参加させてもらうよ。今度こそ、俺を仲間外れにさせないからな？」

シャルルは「はい」と返事をしたが、油断ならないな。俺のためになると思ったら、見境なくやってしまいそうだし。

影を一人シャルル専属に付けて、何かやりそうになったら俺に伝えるように指示を出しておこう――


俺は家に帰宅し、父さんの部屋へ行く。

「父さん、今いいかな？」

「んっ、アキト？　大丈夫だよ」

父さんは書類を見ていたが、俺が来たのに気が付くと、休憩する事にしたらしい。大きく背伸びをしている。

「今さっきシャルルから、俺の新しい城が完成したって言われて、見てきたんだけど……」

「えっ!?　もうできたの？」

「うん。俺も信じれなかったけど、本当にできてたよ。何か奴隷達が一丸となって頑張ったら作れたって、シャルルは言ってた」

「……ほんと、アキトの周りは凄い子ばかり集まってるよね」

「偶に言う事を聞かないけどね……」

ハハハ、と疲れたように笑う俺に、父さんは憐《あわ》れむような目を向けた。

それから俺は父さんに、領主の仕事を始める事、ひとまず領地経営は俺に代わってシャルルが行う事などを改めて伝えた。

「……分かったよ。ところで、父さんも城を見たいんだけど良いかな？」

ワクワクとした表情で聞いてくる父さん。

俺は、その反応が予想通りすぎて笑ってしまった。

「父さんの事だから言うと思ったよ。今からで良い？」

「うん！」

父さん、子供のように元気よく返事をするな。

俺は父さんの手を取ると、俺の城へ連れていった。


「な、何この大きな城は!?」

「俺の城だよ。父さん……」

父さんは唖然としていた。

まあ、こうなる事は予測していたけど、中に入ったら更に驚くだろうな……

俺の考えは当たり、敷地内に入った父さんは驚きっぱなしだった。王都の城以上の豪華さだし、置かれている物がどれも一級品なんだもんな。

「な、何、この豪華さは……」

「奴隷達が張り切りすぎたんだよ……特に責任者のシャルルが一番張り切ってて、他の奴らを引っ張って……」

「それにしてもじゃない？　だって、まだここを作り替えるって言って数日だよ？　なのに、温泉まで引いてるってどうしたら、そんな事ができるの!?」

そうそう、温泉まであるんだよね。

「掘ったら出てきたってシャルルは言ってたけど、奴の事だから何かしらやったんだ思う」

「……」

俺も詳しく聞いていないのだが、この城は色々と規格外だ。温泉にしてもそうだし、置かれている物はどれもおかしな程高級品。奴隷の中に職人はいるにはいるが、こんな短期間で作り上げられるとは思えない。

……真実を聞くのは俺も怖い。

「それにしても本当に凄いね。ここの城は」

リビングに戻ってきた俺達は、奴隷にお茶を淹れてもらって休憩をしていた。父さん、驚き疲れている様子だな。

まあ、それは無理もない。俺だって疲れてるんだから……

「大きさもそうだけど、機能面も凄いよ。この街の全員が入るレベルの地下室があるって、どうかと思うよ？」

「うん。俺も同じ事を思ったよ。でもさ、シャルルに聞くのも怖くて、もういいやって投げ出したんだよ」

「……分かる気がするよ」

父さんも俺と同じ気持ちになったみたいだ。

それから父さんと俺は家に帰宅した。

「とりあえず、アキトの所はアキト達で頑張ってね。助けてほしい時があれば、いつでも言っていいから」

「うん、まあでもシャルルの事だから……何かあった時はよろしく」

そう言って俺は父さんと別れ、自分の部屋に帰った。


ソファーで寛いでいると、妖精界に帰っていたリーフが戻ってきた。

「おかえり、リーフ」

「ただいまー、主様！」

帰ってきた途端、リーフは俺の頭の上にボスッと乗る。

何となくだが、嬉しそうだな。

「良い事でもあったのか、リーフ？」

「んふふ〜。私にもあったし、主様にも良い事だよ〜」

「俺にも？」

「そうだよ〜。何と私にも友達ができたんだ〜」

嬉しそうに言うリーフに、俺は「お〜、良かったな」と返す。しかし、それで何故、俺に良い事になるんだ？　と疑問に思った。

そのまま問うと、リーフは笑みを浮かべて答える。

「それがね。その子、この間の大会を見てたらしくて、レオンに興味持ったみたいなの！　今頃、レオンの所にあの子行ってると思うよ〜」

「何ッ!?」

俺が驚いて立ち上がったタイミングで——そのレオンが現れた。それはそれは、ぶん殴りたくなる程良い笑顔をしている。

「よぉ、アキト！」

「チッ……早速来たのか」

「何だ、アキトは知ってたのか。知らないなら自慢してやろうと思ったのによ」

「ハッ、こっちには妖精王の子がいるんだぞ？　奴隷の誰かに妖精が懐いたんなら、すぐに分かるっての！　だから、その殴りたくなる顔を今すぐにやめろ」

こいつ、前にリーフを紹介した時に物欲しそうに見てたからな。妖精が懐いたら、一目散に俺に自慢にしてくるだろうと分かっていたが――

俺はレオンの周囲を飛ぶ妖精に視線を向けながら言う。

「……っと、馬鹿の相手は後にしておいて……君がレオンに懐いた妖精か？」

「はい！　私、火を司る妖精のフレム！　よろしくお願いします！」

妖精は楽しそうに飛び、レオンの頭に乗った。

妖精族はそこが定位置なのか？　リーフもよく俺の頭に乗っているけど……

その後、レオンは帰っていった。

リーフはフレムと遊ぶ約束をしているらしく一緒に消えてしまった。さっきまで騒がしかったのに、俺だけ一人残されたな。

「……ってか、マジで自慢しに来ただけかよッ！」

俺のその言葉は、ただ部屋に響いただけだった。

初期スキルが便利すぎて
異世界生活が
楽しすぎる!
Shoki Skill Ga Benri Sugite Isekai Seikatsu Ga Tanoshisugiru!
霜月雹花
Hyouka Shimotsuki
1~4
超お人好し少年は
人助けをしながら異世界をとことん満喫する!

初期スキルが便利すぎて
異世界生活が
楽しすぎる!
霜月雹花
神様に授けられた万能スキルで人々のピンチを救っちゃう!?
超お人好し少年は
人助けをしながら異世界をとことん満喫する!
ネットで大人気!!
無限の可能性を秘めた神童の異世界ファンタジー開幕!

大人気小説、待望のコミカライズ!
原作▼霜月雹花
漫画▼サマハラ
SKILL BENRI ISEKAI TANOSHII!!
初期スキルが便利すぎて異世界生活が楽しすぎる!
1
神からもらった初期スキルは超万能!?
超お人好し少年が異世界で人助け!
神様のイタズラで命を失い、転生することとなった高校生・四宮《しのみや》 楽《らく》。銀髪の少年・ラルクとして異世界で生まれ変わり、お詫びにもらった超便利な初期スキルで順風満帆な第二の人生と思いきや——。実家追放から始まった悲惨な異世界ライフ。けれどもラルクは万能初期スキルで、人助けをしながら異世界生活を満喫することに!
好評発売中!
初期スキルが便利すぎて異世界生活が楽しすぎる! 1
原作 霜月雹花
漫画 サマハラ
神からもらった初期スキルは超万能!?
無限の可能性を秘めた神童の異世界ファンタジー!
●B6判 ●定価:本体680円+税 ●ISBN:978-4-434-27790-0
Webにて好評連載中!
アルファポリス 漫画
検索

●各定価：本体1200円+税
●illustration：マツモトミツアキ
1〜15巻 好評発売中!

CV 深澄 真：花江夏樹
巴：佐倉綾音　澪：鬼頭明里
監督:石平信司　アニメーション制作:C2C

異世界へと召喚された平凡な高校生、深澄真。彼は女神に「顔が不細工」と罵られ、問答無用で最果ての荒野に飛ばされてしまう。人の温もりを求めて彷徨う真だが、仲間になった美女達は、元竜と元蜘蛛!? とことん不運、されどチートな真の異世界珍道中が始まった！

漫画：木野コトラ
●各定価：本体680+税 ●B6判

勇者パーティから追放されたネクロマンサーのレイル。戦闘能力が低く、肝心の蘇生魔法も、誰も死なないため使う機会がなかったのだ。ところが実際は、勇者たちは戦闘中に何度も死亡しており、直前の記憶を失う代償付きで、レイルに蘇生してもらっていた。死者を操り敵を圧倒する戦闘スタイルこそが、レイルの真骨頂だったのである。懐かしい故郷の村に戻ったレイルだったが、突如、人類の敵である魔族の少女が出現。さらに最強のモンスター・ドラゴンの襲撃を受けたことで、新たな冒険に旅立つことになる——!

◉定価：本体1200円＋税　◉ISBN 978-4-434-28004-7

◉Illustration：ハル犬

この作品に対する皆様のご意見・ご感想をお待ちしております。

おハガキ・お手紙は以下の宛先にお送りください。

【宛先】

〒150-6008 東京都渋谷区恵比寿 4-20-3 恵比寿ｶﾞｰﾃﾞﾝﾌﾟﾚｲｽﾀﾜｰ 8F
（株）アルファポリス　書籍感想係

メールフォームでのご意見・ご感想は右のＱＲコードから、
あるいは以下のワードで検索をかけてください。

アルファポリス　書籍の感想　検索

ご感想はこちらから

本書はWebサイト「アルファポリス」（https://www.alphapolis.co.jp/）に投稿されたものを、改題、改稿、加筆のうえ、書籍化したものです。

愛《あい》され王子《おうじ》の異世界《いせかい》ほのぼの生活《せいかつ》2
顔《かお》良《よ》し、才能《さいのう》あり、王族《おうぞく》生《う》まれ。ガチャで全部《ぜんぶ》そろって異世界《いせかい》へ

霜月雹花（しもつきひょうか）

2020年 10月31日初版発行

編集－芦田尚・宮坂剛
編集長－太田鉄平
発行者－梶本雄介
発行所－株式会社アルファポリス
〒150-6008 東京都渋谷区恵比寿4-20-3 恵比寿ｶﾞｰﾃﾞﾝﾌﾟﾚｲｽﾀﾜｰ8F
TEL 03-6277-1601（営業） 03-6277-1602（編集）
URL https://www.alphapolis.co.jp/
発売元－株式会社星雲社（共同出版社・流通責任出版社）
〒112-0005東京都文京区水道1-3-30
TEL 03-3868-3275
装丁・本文イラスト－オギモトズキン
装丁デザイン－AFTERGLOW
印刷－図書印刷株式会社

価格はカバーに表示されてあります。

落丁乱丁の場合はアルファポリスまでご連絡ください。

送料は小社負担でお取り替えします。


ISBN978-4-434-27780-1 C0093